絢奈
「ねえ斗和君、腕を組んでもいいですか?」
▶はい
いいえ

佐々木修

PROFILE

平凡な主人公

少し気弱だが穏やかで優しく、様々な女性から想いを寄せられている。幼馴染の絢奈のことがずっと好きで、いつか結ばれる日を待っている。

内田真理

PROFILE

元気な後輩スポーツ少女

明るく元気が取り柄の陸上部期待の新人。ランニング中に出会った修を慕うようになり、健気にアプローチを続ける。

本条伊織

PROFILE

クールな生徒会長

冷たい美人と評判の生徒会長。後輩である修のことを気に入っていて、たびたび生徒会の用事で呼びつけることも。

僕は全てを奪われた

CHARACTER

雪代斗和

PROFILE

主人公の親友

修の親友であり、絢奈にとっても頼れる男子生徒。
中学二年までサッカーをやっていたらしいが、
とある事情によりやめており今は帰宅部である。

音無絢奈

PROFILE

一途な幼馴染

修の幼馴染であり家も近所の女の子。
容姿端麗で性格も優しくクラスメイトにも人気である。
修には並々ならぬ想いを抱いていて……。

「斗和君……ってあら」
「どうした？」
まさか俺も気付かないうちに
クリームが口元に付いたのか？
そう思って手で拭こうとしたのだが
絢奈が待ったをかけた。
「待ってください」
「お、おう……」
「クリームが付いてましたよ、
斗和君♪」

さっきまで顔を赤くして普段と違った
様子を見せていた絢奈だけど、
俺の言葉を聞いて手も足も全てを使って
俺に絡みついてきた。
「いいですよ斗和君。
今は何も考えずに
私を好きにしてください」

そう言った絢奈の表情はとても色っぽかった。
男の情欲をそそるような表情には違いないのだが、
絢奈の表情は本当に優しくどこまでも
包み込んでくれるような包容力がそこには宿っていた。

CONTENTS

エロゲのヒロインを寝取る男に転生したが、俺は絶対に寝取らない

みょん

角川スニーカー文庫

23521

口絵・本文イラスト／千種みのり
口絵・本文デザイン／AFTERGLOW

【僕は全てを奪われた】

そんなタイトルのゲームを知っているだろうか。

名前から察せられる人も居るかもしれないが、これは俗に言うエロゲというもので、ジャンルは「寝取られ」に分類されるものだ。

一人の平凡な主人公を中心として描かれる物語であり、その主人公のもとに集まる女性陣が次から次へと間男《まおとこ》に奪われていくというなんとも言えないドM向きのシナリオになっている。

基本的にこういったゲームのヒロインは幼《おさな》馴染《なじみ》であったり、学校で知り合った同級生であったりと比較的一人であることが一般的だ。

しかしこのゲームに登場するヒロイン枠、つまり主人公とは違う男の手によって堕《お》とされる女性陣の数は五人である。

その内訳は幼馴染、先輩、後輩、妹、母親とまさに色んな層をターゲットにしていると言っても過言ではない。

序盤ではヒロインたちとの仲睦《むつ》まじい日常を描きつつ、物語が進むにつれて段々と暗雲が立ち込めていき、寝取られゲームのお約束とも言える展開が堂々とプレイヤーたちを待っているのだ。

美麗なイラストや声優たちの名演技、美しかった女性陣があられもない姿に成り果てていく一連の流れはかなりの人気を博し、一時期SNSでも話題になった。

特にメインヒロインである音無絢奈《おとなしあやな》の堕ちたシーンは多くのプレイヤーの心を折ったそうだ。

他のヒロイン達にはなかった大きな心の喪失感、それをプレイヤーに抱かせるだけの理由がこの絢奈というキャラクターにはあった。

〝まず絢奈のHシーンは一度しかなかったのだ〟

序盤からある程度進んだ段階で魔の手が迫り、抵抗空《むな》しく堕ちていく他のヒロインと違って絢奈はずっと主人公の傍に居てくれた。

ゲームのパッケージの中心に絢奈が描かれているのもそうだが、幼馴染という寝取られゲームだと真っ先に奪われる立場に居るというのに、彼女のそんなシーンは微塵《みじん》も見られることはなかった。

まさか最初から絢奈は寝取られヒロインではなかったのか、はたまた寝取られジャンルにメスを入れる新しい救済キャラなのか、どちらにせよそんな希望を僅かに抱いたプレイヤーも居たはずだ。

寝取られジャンルのエロゲを買うとはつまり、そういった嗜好があることを意味するわけだが、それでも絢奈という存在はやはり異質だったわけだ。

だがしかし、物語も終盤に差し掛かるとその希望は粉々に砕け散ることになる。

前述した一度きりのHシーン、そのたった一回のシーンで既に絢奈は今まで見せていた美しい姿とはかけ離れた姿だった——つまり既に堕ち切っていた。

しかもその絢奈がエッチをしていた相手は主人公にとって、どの友達よりも身近な存在だと思っていた親友の男だったのだ。

周りから親しかった女性たちの姿が消え、彼女たちの見るも無残な姿にショックを受けていた主人公に止《とど》めを刺すような絢奈の姿が描かれ、そこでゲームはエンディングに向かうという主人公にとって全く救いようのないものであり、そんな主人公と同じように多くのプレイヤーがまさかの展開に心を折られたというわけだ。

寝取られモノというありふれたジャンルでありながら最後の最後まで堕ち描写がない美しい幼馴染ヒロイン、奇《く》しくもそんなヒロインが人気投票で一位を獲得するなどして彼女自身も話題に上るようになり、エロゲとは全く関わりのない絵師の中でさえも音無絢奈を描く人が増えるという人気っぷりだった。

▽▼

「……ふぅ」

さて、誰に語るでもないことを頭の中で喋《しゃべ》り終えた俺は大きく息を吐いた。

俺が今立っている場所は高校へと続く通学路で、何をしているかというと単純に人を待っているのだ。

しばらくスマホを片手に時間を潰していると、視界の端に男女の姿が見えた。

「来たか」

その二人こそ俺が待っていた二人であり、彼らはジッと待っている俺の姿を目に留めた瞬間、駆け足で近づいてきた。

「待たせてごめん！」

最初にそう言ったのはなよっとした印象を抱かせる男子で、名前は佐々木《ささき》修《しゅう》と言う。

そしてもう一人、修の隣に並ぶ女の子はとても美しい少女だった。

「遅くなりました。ごめんなさい斗和《とわ》君」

二度目になるがその少女は美しかった。

長く艶のある黒髪は枝毛の一切を許さずサラサラと風に揺られ、整った顔付きもそうだが何より優しそうな眼差《まなざ》しが印象的だった。

服の上からでも自然と目を向けてしまいそうになる豊満な膨らみからも分かるように彼女はスタイルも高校生離れしている。

そんな少女の名前は音無絢奈、そうあの音無絢奈である。

（……そうなんだよなぁ。なんでこうなっちまったんだろうか）

俺は二人からの視線を浴びながら心の中で疲れたように呟《つぶや》いた。

音無絢奈――それはさっき俺が長々と語ったエロゲに出てくるヒロインと全く同じ名前なのも驚きだが、更に言えばその容姿も全く同じなのだ。

信じられないことだが、俺はまさかの転生というものを経験していた。

この場合は転生というよりは憑依《ひょうい》という方が適切なのかもしれないが、少し前に目を覚ましたら俺はこの体になっていた。

当初は当然これでもかと混乱してしまったわけだが、恐ろしいことにその混乱はすぐに収まり俺の脳は現状を受け入れていた。

まるでそんなことに悩むな、悩む必要はないと世界そのものの意志が干渉したのではないかと思わせるほどに、俺はこうしてこの体の持ち主として過ごしている。

ありがたいことにこの体の持ち主としての記憶はそこそこ残っており、どのように日常生活を過ごしていたかも不思議と理解出来ていたので困ることはなかった。

まあ全て憶《おぼ》えているというわけではなく、目の前に立つ二人とどこまで仲を深めているのかはまだ詳しく思い出せないままだが。

しかしそれでもこの世界が【僕は全てを奪われた】の世界であることも明確に理解しており、俺が誰でどういった存在なのかも分かっていた。

「行きましょうよ、斗和君」

「……あぁ」

絢奈に促され俺は足を動かした。

彼女が口にした斗和というのが今の俺の名前だ。

（……修と絢奈、そして斗和）

佐々木修はこの世界の主人公で音無絢奈はヒロインだ。

そしてこの俺、雪代《ゆきしろ》斗和は修の親友という立場でありそれが何を意味するのか――そう、俺は修から絢奈を寝取る男だということだ。

俺はついジッと絢奈の顔を見つめてしまった。

「どうしましたか？」

「いや、何でもない。早く行こう」

ジッと見たせいで不思議な顔をされてしまったが、俺は早く行こうと告げて歩き出した。

「……はぁ」

どうしてこうなったんだとため息を吐《つ》く。

なあ神様、転生でも憑依でもどっちでもいいけどこういうのはもっと相応《ふさわ》しいものがあると思うのだ。

剣と魔法の世界と呼ばれる所謂《いわゆる》異世界ファンタジーが王道のはずなのに、寝取られジャンルのエロゲ世界でしかも間男って俺に何を望んでいるんだ。

「斗和～？　遅れてるぞ～？」

「……本当に何かあったんじゃないですか？」

先を歩いていた二人にまた心配されてしまった。

親友として俺のことをよく分かっている修はともかくとして、絢奈は少し遅れている俺にチラチラと視線を向けてくれていた。

流石《さすが》はヒロインの女の子、その優しさは修だけでなく俺にも少なからず向けられているらしい。

「大丈夫だ。ちゃんと付いて行くから安心してくれ」

そう言うと修は前を向いたがまだ絢奈はこちらが気になるらしい。

本当に大丈夫だからと口パクで伝えると、ようやく絢奈は頷《うなず》いて再び前を向いて歩き出した。

「……取り敢《あ》えず、この世界がエロゲの世界であることはもう分かってる。だとするなら俺のやることは一つだけだ」

目の前で仲良く話をしている二人の邪魔をするつもりは一切ない。

時系列的には物語が始まるのは今から一年後、つまりまだ世界が動き出すまで猶予はまだ少しでもあるわけだ。

「俺に寝取りの趣味はない。寝取られの趣味もないけどな」

前世でゲームを買ったのは単純に話題だったからに過ぎない。

決して俺は寝取られも寝取りも好きではないし寧《むし》ろ嫌いだと、それだけは自信を持って言っておくことにしよう。

「そういえば今日は放課後どうする？」

「う～ん、何も用事はないと思いますが」

「そっか。斗和～！」

学校に向かう中、主に修と絢奈が会話をして俺に話が振られれば参加する。

それを繰り返していると修がトイレに行きたくなったらしく、近くのコンビニに駆け込んでいった。

「……ありゃウンコだな」

まあ恥ずかしがる必要はない、それは誰でもするものだからだ。

しかしこうなってくると少しばかり待つことになりそうだった。

「少し待つことになりそうですね？」

「そうだ……なっ⁉」

すぐ近くで絢奈の声が聞こえたため俺は驚いてしまった。

いつの間にか絢奈は俺のすぐ傍に来ており、スッと俺の手を取るようにして握ってきた。

恋人がよくするような貝殻繋《つな》ぎに俺はドキドキしてしまい、つい自分の立場も忘れて絢奈に視線を奪われた。

「……ふふ♪」

「っ……」

修が居た時と打って変わって男心を刺激してくる綺麗《きれい》な微笑《ほほえ》みだ。

彼女が何を考えているのか分からないが、それでも何故《なぜ》か今こうして彼女と触れ合っているいることにどこか安心している俺が居た。

「温かいです。斗和君の手」

一旦手を解《ほど》き、両手で包み込むようにして絢奈はそう呟いた。

「っと……なあ絢奈、ちょっとジュース買ってくるわ」

「あ……私も行きます」

不可解ではあるもののなんとも言えないくすぐったい空気に耐えられなくなり、俺は絢奈から手を離してコンビニの中に入るのだった。

ジュースを買って鞄《かばん》に仕舞《しま》うとちょうど修もトイレから出てくるところだった。

「ジュース買ったんだ？」

「あぁ。休み時間にでも飲むわ」

「じゃあ僕も買おうかな」

三人揃《そろ》って仲良く飲み物を買い、コンビニを出て再び学校までの道を歩く。

「……何だったんださっきのは」

絢奈の急激な変化、突然の距離の詰め方に俺はまだ困惑していた。

ただ今は修が居るので絢奈は彼の隣を歩いており、仲良くさっきと全く同じように会話をしていた。

結局さっきのことに困惑したまま俺は学校に向かうことになった。

先に行ってしまった二人に遅れる形で教室に入ると、修は机に突っ伏して動かなくなっており、絢奈は目立つグループの中心で話をしていた。

「おはよう雪代君」

「おっす」

俺もクラスメイトに挨拶を返して自分の席に座った。

鞄から勉強道具を取り出しながら思い返したことだが、多くの友人に囲まれる絢奈と比べて修はどちらかというと一人で居ることが多い。

分かりやすい例えだと絢奈は陽キャ、修は陰キャといったところか。

美人で気立ても良く優しい絢奈だからこそ人気者にならないわけがなく、そんな彼女と仲の良い修はあまり快く思われてはいない。

(何度かそれで絡まれる修を絢奈が助けながら相手を咎《とが》めてるんだよな)

大切な幼《おさな》馴染《なじみ》だからこそ絢奈は修を何度も助けている。

助けると同時にそんなことは止《や》めてほしいと絢奈が切実にお願いすることで、今の今まで修は特に孤立することもなかった。

まあそんな風に絢奈が咎める姿を見ている奴《やつ》でも、弁当を絢奈に作ってもらったりしている修を見て嫉妬の目を向けてはいるんだが……。

「っ……」

その時、俺はふと思い出したことがあった。

（……いや、咎めていたのは斗和もだったな）

ゲームの回想シーンで斗和も絢奈と一緒に並び、修に対する嫌がらせに対処していたシーンも確かにあった。

こうして見てみると本当に修の目線からだと斗和は人格者だ。

修を助けることもあれば相談に乗ったり、極めつきは絢奈との仲の進展を手助けすることもあった。

だけどそんな修にとって頼れる親友が実は絢奈と肉体関係を持っていた、これに関しては本当にゲームをプレイした当時は驚いた。

『斗和君じゃないとダメなんです♡　あんなウジウジして情けない幼馴染なんて要りません♡』

これは修が絢奈と斗和の行為を目撃した時に発せられた言葉だ。

この言葉を聞いて修は絶望し、呆然《ぼうぜん》とした様子でその場を離れる後ろ姿を最後にゲームはエンディングを迎える。

信じていた、大好きだった幼馴染の女の子に要らないとまで言われてしまった修がその後どうなったかは知らないが、まあ碌《ろく》な結末ではないだろう。

「でもウジウジしてるのは当たってるんだよな」

絢奈が口にしたように修がウジウジしているというのは間違っていない。

多くの女性から好意を向けられてもなお深く考えることもせず、ただただ周りに流されるだけの修が何故そんなにモテるのかと疑問に思うが、ゲームの設定なのでそこにツッコミを入れても仕方ない。

「？」

そんな風に現実とゲームのことを比べて考えていると絢奈と目が合った。

彼女は目が合ったことに嬉《うれ》しそうにしながらヒラヒラと手を振ってきたので、俺も少し口元が緩むのを感じながら手を振り返した。

絢奈だけでなくその周りの連中も手を振り返してくれたのを見て彼らから視線を外したのだが、どうもそれは絢奈の望んだ答えではなかったらしい。

「斗和君」

「絢奈？」

自分の席を立った絢奈が傍に来た。

「どうしたんですか？　いつもならこっちに来てくれるのに最近の斗和君は全然来てくれません。こんな日もあるかなと思ってはいたのですが、流石にこう続くとは思っていなくて」

「……あ～」

なるほど、どうやら斗和はあのグループの中に居たらしい。

俺がこうして斗和の体になって過ごすことに問題はないと言ったが、当然憶《おぼ》えていないことも多々ある。

主人公の修と違って斗和に関しては全くと言っていいほど交友関係についてはゲームで触れられていなかったし、グループから抜け出してなどといったテキストもなかったはずなので気付かなかった。

「偶《たま》にはっていうか、こうやって静かに過ごすのもいいかなと思ったんだ。絢奈も俺のことは気にしなくていいんだぞ？」

今は俺が斗和の中身というわけなので、今までの斗和と同じように行動しないのもおかしな話ではない。

まあそのことを絢奈は知る由もないので難しい話だ。

俺のことを気にするくらいなら修のために時間を使え、そんな意味を込めての言葉でもあったのだが絢奈の反応は少し変だった。

「え？　気にするなってどういうことですか……？　どうしてそんなことを言うんですか⁉」

「あ、絢奈？」

少しだけ大きな声を出して絢奈は俺の肩を摑《つか》んだ。

グッと顔も寄せてきたのでかなり至近距離で見つめ合う形になり、周りもどうしたのかと視線を向けてきている。

「嫌です……そんなこと言わないでください。斗和君のことを気にするななんてそんなこと無理ですよ……っ！」

「……えっと」

今にも泣き出してしまいそうなほどに絢奈は辛《つら》そうな表情をしていた。

俺はどうして絢奈がそのような表情を浮かべてしまったのか理解出来なかったが、修も同じ教室に居る以上、こんな距離で見つめ合うとあらぬ誤解を与えると思い俺は絢奈を落ち着かせることにした。

「あぁすまん。ただちょっと気分が乗らなかっただけなんだよ。賑《にぎ》やかなのも好きだけど静かなのも捨てがたいしさ。何なら絢奈がこっちに来てくれないか？」

それなら俺も静かに過ごせるし、そう伝えると絢奈はすぐに笑みを浮かべた。

「お願いですから気にするな、なんて突き放すようなことは言わないでください。つい我を忘れてどうにかなってしまいそうでしたよ」

「……悪かった」

絢奈の浮かべた笑顔を見ると俺も安心してホッと息を吐《つ》けるのだが、果たして彼女は一体どんな気持ちを斗和に対して抱いているんだ？

まだ物語自体は始まっておらず斗和は彼女に対して何もしていないはず。だからこそ朝のことも含めてあんなに必死になる絢奈の気持ちがよく分からなかった。

「でもやっぱりクラスメイトとの付き合いは大事ですから、気が向いたら斗和君からもこちらに来てくださいね？」

「分かった」

頷《うなず》いた俺に満足した様子の絢奈は背中を向けて戻っていった。

あんなことを言った手前おかしな話ではあるのだが、どうしてか離れていく絢奈に手が伸びてしまう。

まるでこの体が絢奈を求めているようなそんな感覚だったが、俺は頭を振って絢奈から視線を逸《そ》らした。

「……なんか疲れたな」

そう呟《つぶや》いて椅子の背もたれに思いっきり背中を預けた。

そんな風にして一人で脱力していると、ポンと俺の肩に手が置かれた。

「よっ、珍しいなお前が一人なんてさ」

「……相坂《あいさか》か」

俺の肩に手を置いて話しかけてきたのは相坂隆志《たかし》、同じクラスの生徒で席も近いことからそれなりに話をする友達だ。

相坂の一番の特徴はその丸刈りの頭で、彼は野球部に所属しており結構上手らしく活躍しているとのことだ。

おまけに体も相当鍛え上げられており筋肉質で、何度かこいつの腹を触らせてもらったことがあるようなないような……ったく、本当に斗和との記憶がごっちゃになっているなと俺はまたため息を吐いた。

「……ふむ」

「なんだ？」

俺を見て頷いた相坂の様子が気になり視線を向けた。

相坂は顎に手を当ててしばらく考えた後、俺の目を真っ直《まっす》ぐ見つめ返しながらこんなことを言ってきた。

「お前やっぱり少し変わったよな？　何が変わったかは分からねえけど」

野球バカな部分はあるがこういった鋭い部分も相坂にはあった。

俺はその言葉に肩を竦《すく》めるようにして苦笑し、こう切り返した。

「もしかしたら中身が全くの別人になってたりな？」

「あっはっは！　お前でもそんな漫画でしかないようなことを言うんだな！　そんなことこの現実であるわけねえだろ？」

相坂の言葉に俺はそれもそうだなと頷いた。

まあその現実であるわけないことが今俺の身に起きているわけだが、それを俺以外の誰かに説明出来ることでもない。

仮に誰かに話した瞬間に頭のおかしい奴認定をされて終わりだろう。

「……お、また佐々木に絡んでるな音無さん」

「うん？」

俺から視線を外して相坂がそう言ったので、俺も彼の視線の先を追った。

さっきまで友人たちの輪の中に居たはずの絢奈だったが、いつの間にか修の傍で彼の世話を焼いていた。

修は顔を伏せて眠っていたせいか、頰《ほお》にくっきりと痕が残っているのを絢奈に指摘されて恥ずかしがっている様子だ。

「なんつうか、よく分かんねえよな。なんで佐々木なんかに音無さんは構うんだ？」

「幼馴染だからだろ。仲がいいってのは良いことだ」

長年連れ添った幼馴染だからこそ、そして俺という存在が絡まなければ結ばれることが約束されている二人だからこそ仲が悪くないわけがないだろう。

「まあ二人の関係に外野の俺たちがウダウダ言うことはねえよ」

「まあな。でも佐々木と違って、お前が音無さんの傍に居ても何も言われないんだからイケメンは得だよな」

「イケメン？」

「……お前マジか？」

つい聞き返すと相坂が呆《あき》れたような目を向けてきた。

「……あ、そういうことか」

ポンと手を叩《たた》いて納得した。

今の俺の体は雪代斗和というキャラクターのもの、その斗和は俺から見てもかなりのイケメンである。

この体になってからそんなことを考えたことはなかったが、どうやら今の俺はかなりのイケメンらしいので喜んでいいみたいだ。

「……うん？」

それはふと気になったものだ。

相坂とそんな話をする中、俺は視線の先で修の世話をする絢奈の姿を見ていたのだが
……今一瞬、本当に一瞬だけ絢奈がひどく無機質な目をしているように見えた。

決して俺に向けていたような目ではない、そんな明らかに違う様子の絢奈に俺はしばらく首を傾《かし》げていた。

▼▽

時間は一気に流れて昼休みになった。

先ほどまで授業を担当していた先生が教室を出た瞬間、ガラガラと机を動かして昼食を

とるためのグループが形成されていく。

俺も鞄《かばん》から母さんが作ってくれた弁当箱を取り出したその時、教室内に鈴を転がしたような綺麗《きれい》な声が響いた。

「失礼するわ。佐々木君は居るかしら？」

そこそこ騒がしかった教室の中もその声が響いた瞬間静かになった。

声の出所は教室の入り口で、そこでは一人の女子生徒が教室内を見渡しながら堂々とした様子を見せている。

その女子はこの学校で知らない人は居ないとまで言うとオーバーかもしれないが、彼女の役職を考えると概《おおむ》ね間違っているとも言い難《にく》い。

彼女は何を隠そうこの学校の生徒会長様で、名前は本条《ほんじょう》伊織《いおり》という先輩女子だ。

「……あ、居た」

修を見つけた本条伊織——長いから伊織と呼ばせてもらおうか——は真っ直ぐに修のもとに向かうのだが、その間に何人かの男子が彼女に話しかけるべく立ち上がろうとしたが全員が諦めたようにやめていく。

その理由は伊織の纏《まと》う冷たい雰囲気が彼らを圧倒しているせいで上手《うま》く話しかけることが出来ないのである。

しかしそんな彼女でも修を前にすれば僅かに表情が緩んだ。

「すぐに返事をしないのはどういうことなのかしら？」

「……いや、なんか面倒なことになりそうな気がして」

「言うじゃないの修君。取り敢《あ》えず来てくれる？　お弁当を持ってね」

「拒否権は――」

「ないわ」

「さいですか……」

拒否権はない、そう言われた修は大きくため息を吐いて立ち上がった。

修は俺と絢奈に視線を向けたものの、この状況で伊織にこれ以上逆らう気はなかったのか大人しく連れていかれた。

居なくなった二人の背中を見送った俺だが、そこでジッと見つめてくる視線を感じてそちらに目を向けた。

「……あ～」

視線の正体は絢奈だ。

お弁当を両手で持ったまま俺を見つめており、その絢奈を両隣の友人たちがクスクスと笑いながら微笑《ほほえ》ましそうにしている。

誘ってくれないとお昼は食べません、そんな鋼の意志を絢奈の目から感じた俺は彼女を手招きした。

その瞬間、ぱあっと満面の笑みを浮かべた彼女は駆け足で近づいてきた。

「何でしょうか斗和君！」

「いや分かってるよね？」

「言ってもらえないと分からないです。私馬鹿ですから」

定期テストで毎回クラス内で一桁順位に入る上位者の絢奈が馬鹿なら、俺を含めてこのクラスの大半は大馬鹿者になっちまうぞそれだと。

俺は椅子から立ち上がって隣の空いた席を借りることで絢奈が座るためのスペースを作る。

「一緒に食べようか」

「はい♪」

それはもう異性を虜《とりこ》にしてしまうほどの素晴らしい微笑みだった。

（……破壊力がヤバすぎる）

元気の良い返事と万人を魅了するような笑顔に俺は撃沈寸前だ。

この世界のことを理解したうえで二人の邪魔をしないと誓ってもなお、このような微笑みを向けられるとやはりドキドキしてしまう。

「どうしました？」

「何でもない。早く食べようぜ」

そしてようやく、俺は絢奈と共に昼食をとり始めた。

「それでですね。昨日は――」

「へぇ。それはまた――」

絢奈と喋《しゃべ》りながら弁当を食べている俺だったが、目の前の彼女とは別にさっきの伊織のことを改めて考えていた。

（本条伊織……先輩枠での寝取られヒロイン）

そう、伊織もまたこの世界のヒロインの一人だ。

彼女がどういった経緯で修のことを気に入っているのかどうかは知らないが、それでもあの冷たい美人生徒会長が修のことを対等な友人として認識しており、これから原作が始まるまでの間でその気持ちは恋心に昇華するはずだ。

しかし、そんな彼女も最終的には寝取られてしまうのでエロゲのシナリオというものは業が深い。

（確か大学に進学してヤリサーに入っちまうんだよな。よくある話だ）

ヤリサーに入ってしまい襲われるというのはエロゲあるあるだ。

そこがそういうサークルだと気付かずに入り、飲み会でかなりの量の酒を飲まされて眠っている間にハメ撮りされるというこの業界では王道の幕開けだ。

警戒しろとかそのサークルのことを事前に調べろとか、言いたいことは色々あるが基本的にエロゲのヒロインは頭のネジが何本か飛んでしまう傾向にあるので無駄だ。

「？」

頭の中で伊織についての情報を整理していた時、何かが足元に触れる感触があって俺は顔を上げた。

「絢奈？」

「……えへへ♪」

上履きを脱いで俺の足にスリスリと自分の足を絢奈は当てていた。

少しばかりくすぐったいし、何なら教室でこういうことをされるのはとても恥ずかしいものがある。

机の下で行われていることなので他のクラスメイトは一切気にしておらず、完全に俺と絢奈だけの世界が展開されていた。

（……なんで絢奈はこんなに……これはアピール？）

絢奈の俺を見つめる視線はどこか熱っぽい……この視線を熱っぽいと呼ぶのかは経験がないので分からないが、それでもこんな風に体に触れながらジッと見つめてくるこの視線には必ず意味があるはずだ。

「……絢奈？」

「はい。何ですか♪」

名前を呼ぶと絢奈はグッと少しだけ距離を詰めるように体を傾けた。

机二つ分が俺たちの間にあるので近づくことは出来ない。それでもほんの少しでも手を伸ばせば絢奈の頬に触れることが出来る距離だ。

「……絢奈の弁当、美味《うま》そうだな」

「え？　お弁当が？」

ジッと見つめ合うというのは中々にしんどい時間だった。

もちろん絢奈のような美少女に見つめられるのは嫌ではないが、やはり教室という場所だと目立ってしまい、後々修に嫌な思いをさせかねないので俺は強引に話題を作った。

「食べてみます？」

「いいのか？」

「もちろんですよ」

スッと弁当箱が差し出されたので俺は卵焼きをいただくことにした。

ゲームの描写でもあったが絢奈は自分の弁当はもちろん、修の弁当も時々作っていることが明かされている。

なのでこれは正真正銘、絢奈の手作りだ。

「あむ……もぐ……うん、美味い」

「ありがとうございます♪」

絢奈からもらった卵焼きは適度に甘く俺の好みにピッタリだった。

「よろしければ斗和君のお弁当も作りましょうか？」

「マジか？」

男子高校生にとって、女子の手作り弁当というのは憧れみたいなものだ。

俺もちょっと心が揺れるほどの誘惑を目の前にぶら下げられてしまったわけだが、それでも首を縦に振ることはなかった。

「遠慮しておくよ。一応弁当については毎日母さんが楽しそうに作ってるし、何より作ることが楽しいって言ってたから」

少し修に遠慮した部分はあったが一番の理由はそれだった。

「……ですよね。ちょっと残念ですけど、流石《さすが》にそのお弁当の味には勝てそうにないですから」

「でも美味《おい》しかったのは本当だぞ？　可能ならいつだって食べたいくらいに」

それは嘘偽《うそいつわ》りのない言葉である。

そう伝えると絢奈は何かを考えた後、小声でこんなことを口にした。

「でしたらいつでも呼んでください。ご主人様のために、いつだってそちらに向かいますからね♪」

「……ご主人様？」

なんだご主人様って……。

ポカンとした俺の様子を知ってか知らずか、絢奈は僅かに頬《ほお》を染めて言葉を続けるのだが、それは少なくない困惑を俺に与えてくれた。

「ご主人様はご主人様ですよ。お弁当だけでなく、私のこともご馳走《ちそう》になってくれても全然……きゃっ♪」

「…………」

今の言葉の意味が分からないほど幼いつもりはない。

絢奈の言葉を聞いたことで彼女が見せるアピールというか、体に触れてくる彼女のことを考えると何かが繋《つな》がっていく気がする。

（……まさかとは思うけど雪代斗和？　お前もしかしてもう何かをやらかした後とか言わないよな!?）

心の中で俺は盛大に叫んだ。

結局、その後すぐに絢奈はいつも通りの様子に戻ったが俺はずっと彼女のことについて考えさせられる羽目になった。

▼▽

そうして昼休みが終わり午後の授業の一発目が体育だった。

「昼食の後すぐに体育ってあり得なくね？」

「だよなぁ。もう少し考えてくれよぉ……」

昼食の後ということでまだ胃の中に物が残っている状態なので、俺としても出来れば午後の一発目が体育というのは正直気が進まない。

それでも時間割に文句を言ってどうこうなるものでもないため、俺たちは大人しく授業を受けるしかないわけだ。

「まあでも、楽そうで良かったなぁ」

体育の授業では基本的に運動がメインになるわけだが今日は室内で運動をするということで、場所は体育館へと切り替わった。

体育館の真ん中にネットを張るようにして男女に別れ、それぞれやりたい球技をすることになり他の生徒たちはそれはもう喜んだ。

「つまりボーナスタイムじゃねえか！」

「サボるわけじゃないけど休憩時間みたいなもんだしな！」

どんな球技でもクラスの全員が一斉に出来るわけでもないので、必然的に体を動かす人とそうでない人に別れることになる。

「……絢奈」

「……お前は本当に」

コートの中でバレーに汗を流すクラスメイトとは別に、休憩組になった俺の傍には修が居た。

修は男子が運動している姿を見ることはなく、チラチラとネットを挟んだ向こう側の女子たちの方を見ていた。

（まあ気持ちは分からないでもないけどな）

修の目当てが間違いなく絢奈なのは合っているとして、その他の女子たちも流石はゲームの世界ということで中々にレベルが高い……いや、あまりにも高すぎる。

可愛《かわい》いや綺麗《きれい》は当然として、スタイルも抜きんでている生徒が多い。

もはや言うまでもないことだが、その中でも一際輝いて見えるのが修が熱心に見つめている絢奈に他ならない。

「そんなに気になるのか？」

「と、斗和……」

ガシッと肩を組むようにして俺はそう言った。

他のクラスメイトには一切答えることはないだろうが、相手が俺なので修は特に気にすることなく頷《うなず》いた。

素直な奴《やつ》だなと思いつつ、別に俺は授業中だからといって注意をするような無粋なことはしない……まあそもそも修以外にも女子たちの方を見て興奮を露《あらわ》にしている男子も大勢居るくらいだ。

「ほんと、いつ見ても絢奈は綺麗だな」

「……うん。本当に」

俺の言葉に頷きながら修は再び絢奈へと目を向けた。

「……ったく」

修に続くように俺も絢奈へと視線を向けたのだが、やっぱりこうして彼女を見るとさっきの昼休みのことを思い出してしまう。

言葉の真意と仕草についてはやっぱり謎が謎を呼んでしまう現状ではあるものの、やっぱりただの傍観者としての視点で言うならば、本当に絢奈という存在はあまりにも美しく、そして可愛い少女にしか見えなかった。

絢奈は今クラスメイトと共にバスケを頑張っているが、彼女が体を動かすだけで異性の視線を釘付《くぎづ》けにする大きな胸が揺れてしまい、修だけでなく他の男子たちもその様子に夢中になっている。

「わわっ……」

顔を赤くして照れながらもしっかりと視線を逸らさない修は流石だ。

俺はそんな修を見てニヤリと笑い、彼の耳元で囁《ささや》くようにこんなことを口にしてみた。

「絢奈って何カップくらいなんだろうな？」

「えっと……うん!?」

「あははっ、ビックリしすぎだろ」

いきなり何を聞いているのかとギョッとした様子の修の顔があまりにも面白く、俺は肩を震わせて笑ってしまった。

近くに女子が居ないのと合わせ、お互いに知らない仲ではないからこそこういうことも聞けるというものだ……まあ斗和がこんな話を修としていたかはともかく、今この体の持ち主は俺なのでこれくらいの遊び心は許されてもいいだろう。

「その……斗和もそんな風に絢奈を見ることあるんだね？」

「え？」

それってつまり俺は何があっても絢奈にいやらしい目を向けないってことか？

おそらく修が口にした言葉に込められた意味はそれだろうけど、俺だって男だ。女子に対して分かりやすくいやらしい目を向けることはないとはいえ、流石に心の中で何も思わないということはない。

「俺だって男だぞ？　それくらいあるに決まってるだろ」

「そっか……そうだよね。別におかしなことじゃないか」

そうだな、何もおかしいことじゃない。

男子と女子でそれぞれ盛り上がる声を聴きながら、俺は修と並んで絢奈のバスケ姿を眺め続けていた。

「絢奈！」

「はい！」

絢奈はチームメイトからボールを受け取り、そのまま綺麗《きれい》な放物線を描くようにしてシュートを放ち綺麗に決まった。

絢奈のもとにチームメイトが集まって喜びを分かち合っている中、俺と修の方へ彼女は目を向けた。

「あ……」

「目が合っちゃったな」

手を振り返すくらいすればいいのだが、修は見ていたことに気付かれたのを恥ずかしいと思ったのか下を向いてしまい俺は小さくため息を吐《つ》く。

「手くらい振ってやれよ」

「……う、うん」

そうして控えめに修は手を振り、俺も続くように絢奈に手を振った。

絢奈はニコッと更に笑みを深め、チームメイトたちに何かを告げた後にそのままこっちに近づいてきた。

どうやらちょうどメンバー入れ替えのタイミングだったらしく、今から絢奈は俺たちと同じように休憩に入るようだ。

「お疲れ様、絢奈。今から休憩か？」

「はい。後はみなさんにお任せしようと思います」

そう言って絢奈はネットを潜《くぐ》ってこちら側に移動し、俺と修に挟まれる形でその場に腰を下ろした。

絢奈がこちら側に来ることは特に問題ではなく、もうすぐ体育の時間は終わるので男女共に自由にしている人の方が増えていた。

「お～い佐々木！　お前今日まだやってないし交代してくれよ！」

修にそんな声がかけられ、流石に全く体を動かしていないのはマズイと思ったのか修は大人しくその声に応える形でコートに歩いていくのだが、名残惜しそうに俺たちの方を振り向いた。

「あと少しだから頑張れ」

「そうですよ。ちょっと運動すればもう終わりですから」

「……分かった」

渋々な様子につい苦笑してしまったが、俺と絢奈は揃《そろ》って修の背中を見送る。

それから体育の授業が終わるまでの短い時間、俺の傍で絢奈はずっと控えることになるのだが……俺はチラッと彼女の横顔を盗み見た。

（……本当に綺麗な顔をしてるよこの子は）

朝のこともそうだし、ご主人様発言について考えることはあるものの、そんな考えなんてどうでもいいじゃないかと思わせるほどの魅力を絢奈は備えている。

運動をした後だからか汗の影響で髪の毛が肌に引っ付いている光景は妙に艶《なま》めかしく見えてしまい、心なしか絢奈の方から良い香りが漂っている気もした。

「どうしましたか？」

「……いや」

流石《さすが》にこんな至近距離なのでそっと見つめていても気付かれてしまうか。

俺は何を伝えようか迷ったけれど、何を血迷ったのかストレートにこんなことを口にしてしまった。

「汗を掻《か》いた絢奈は色っぽいっていうか……良い匂いもするなって思ってさ」

思いっきり考えていたことをそのまま口にしてしまい、俺はパニック……になることはなく自分でも不思議なほどに落ち着いていたことに驚く。

絢奈は一瞬ポカンとしたものの、クスッと肩を震わせて笑いながら意味ありげな流し目を向けてきた。

「匂い、嗅いでみますか？」

長い髪の毛を手で掬《すく》いながらうなじを見せつけるようにして絢奈はそう言った。

普通の女子なら汗の匂いを嗅いでほしくないからと嫌がるはずだろうに、絢奈は一切そうしたことを気にした様子はない……いや、若干頬《ほお》が赤くなっているのでもしかしたら気にしているのかもしれなかった。

「…………」

流石にこんな提案をされるとは思っていなかったのだが、固まってしまった俺を救うように授業の終わりを知らせるチャイムが鳴った。

しばらく絢奈は俺を見つめ続けていたものの、残念と一言呟《つぶや》いて持ち上げていた髪の毛を下ろすのだった。

「どうしたの？」

「いや、何でもない」

戻ってきた修に動揺を悟られないように努めながらそう答え、絢奈とは一旦別れて教室に戻ったのだが……本当に一つ一つの動作にドキドキさせられてしまうな、と俺は改めて絢奈の凄《すご》さを思い知った気分だ。

（……色々と考えることは本当に多い。でも……絢奈がエロすぎる）

面と向かって絶対に彼女には言えない感想が心の中で漏れて出た。

完全に斗和としてではなくゲームのプレイヤーとしての純粋な感想だけど、あの絢奈を見てこれ以外の言葉は誰だって思い付かないはずだ。

エロゲのヒロインだからこそエロいのは当然なのだが……誰かの手によって汚《けが》されることで演出されるエロさではなく、自ら醸し出してくるエロさというのも中々に甲乙付け難い。

「……って俺は一人で何を考えてんだ」

でもある意味仕方ないよな、俺だって男の子だし。

それからは体育を済ませた後ということで、それはもう意識が飛びそうなほどに眠たい残りの授業の時間だ。

眠らないようにとなんとか耐えた後、終礼を迎えたその時だ——ある意味でこの時が来たかというイベントが俺を待っていた。

「なあ、佐々木の奴調子に乗ってね？」

そんな呟きが聞こえてきたのだ。

修《しゅう》が調子に乗っている、そんな呟きに俺は目を向けた。

「最近佐々木《さ さ き》の奴調子に乗ってねえか？」

「だよな。なんであんな奴が本条《ほんじょう》先輩とあんなに親しいんだよ」

「シメちまおうぜ？」

それは比較的目立つ見た目の男子三人だった。

彼らがそう話題にした修なのだが、彼はまた終礼が終わるや否や現れた伊織《いおり》に連れていかれてしまった。

問答無用で修は連れていかれてしまったものの、相手が伊織ということもあって修も嫌そうな顔ではなかった。

「……ま、これもまた火種だよな」

嵐のように現れて修を連れ去った伊織のことは単純に行動力のある人だなと俺は感心し

たほどなのだが、どうも周りの連中はそう受け取らなかったらしい。

「地味なくせして生意気なんだよな」

「確か一年の可愛《かわい》い後輩とも仲良いだろ？」

「身の程を分からせてやるか」

先ほど彼らのことを目立つ三人だと言ったが、確かに雰囲気も見た目も陽キャと呼んで差し支えないしプライドも高そうだ。

そこそこ整った顔立ちの自分たちよりも、どうして修の方が伊織のような美人と仲が良いのかという嫉妬をありありと感じさせる。

「……はぁ」

そんな彼らを見て俺は小さくため息を吐いた。

誰が誰を好きになろうがその人の自由であり口を出せるものではない。それはきっと彼らにも分かっているはずだが、やはりプライドがあるせいで物騒な方向に話が進もうとしている。

修の幼馴染《おさななじみ》兼親友として、俺は彼らの様子に黙っていることが出来なかった。

「ま、そんなに熱くなるなよ」

「っ……雪代《ゆきしろ》か」

三人のグループに近づき、俺は背中を向けていた男子の肩に手を置いた。

驚いたように振り返った男子……確か染谷《そめや》だっけか、彼は俺の顔を見て少しばかり気まずそうに視線を逸《そ》らした。

おそらく修と関係の深い俺だからこそ染谷は勢いを失くしたんだろう。

それを好機だと思うつもりはないが、それでもこうして行動した以上はしっかりと釘《くぎ》は刺しておく必要がある。

「誰が誰を好きになろうがそれは外野が口を出すことじゃない。ムカついたからってちょっかいを出したり手を出しても碌《ろく》なことにならないことくらい分かるだろ？」

染谷たちもそれは理解しているはずなのだ。

彼らから見て地味だと思っている修が美少女たちと仲が良い、そのことに腹を立てて手を出しても自分たちにプラスになることは何一つとしてない。

俺たちの通う高校はそれなりの進学校だからこそ、暴力なんかを振るってしまえば内申点に大きく響いてしまう。

「でもさ……」

「だからってなんであいつが……」

さっきまでの物騒な雰囲気は鳴りを潜めたが、まだ修への嫉妬は消えないらしい。

正直彼らに話しかけた段階でウザいとか言われて殴られたりするかもしれないと考えていたが、よくよく考えてみれば斗和《とわ》という存在は絢奈《あやな》と並んでクラスの中心と言っても間違いではない。

優れた容姿は男女問わず惹《ひ》きつけ、幼馴染の修を守ろうとするその姿もクラスメイトには好意的に受け止められていた。

これも全てゲームである程度は語られていたことだが、客観的に考えると本当に斗和ってキャラクターは表向きには欠点がないんだなと改めて理解した。

「嫉妬なんかで誰かに当たるのはやめとけ。そんなことをしてもお前たちにとって良いことは何もないし、何よりそんなくだらないことで自分の価値を下げるな」

「雪代……」

「…………」

誰かを貶《おとし》めたり傷つけたりすることは自分の評判を傷つけることにもなる、だからそれはやめておけと俺は彼らに伝えたかった。

あと一押しで修のことを諦めさせることが出来る……そう思っていた俺の背後から別の声が聞こえた。

「誰かを悪く言ってもそれは決して良い結果にはなりません。このクラスになって暫《しばら》く経《た》ちますけど、私も含め他のみなさんも貴方《あなた》たちを大切なクラスメイトだと思っています」

そう言って近づいてきたのは絢奈だった。

絢奈は俺にニッコリと笑みを浮かべた後、染谷たちに視線を向けた。

「修君は……お世辞にも人と接することが決して得意ではありません。ですが私と斗和君にとって、彼はずっと昔から一緒だった幼馴染なんです。そんな彼を守りたいという気持ちは当然ありますし、みなさんが後悔をするような選択を取ってほしくないというのもあります」

絢奈の言葉はとても丁寧でありながら、しっかりと相手のことも考えたものだったので染谷たちも聞き入っていた。

俺だけでなく絢奈にも優しく諭されてしまったからか、既に染谷たちから修に対する敵意の一切は見られず、逆に修への態度を改めようかとも口にしているほどだ。

「これで心配はなさそうですね？」

「そうだな」

俺だけだとここまで素直に彼らが言うことを聞いたかどうかは分からなかったし、絢奈には感謝しないとだな。

「私は詳しく知りませんけど、本条先輩が修君のことを気に掛けているのは嬉《うれ》しく思っています。私たちだけじゃない。他にもちゃんと修君の良い所を見てくれる人が居るということですから」

絢奈はそんな言葉で締《し》め括《くく》った。

その時の絢奈の柔らかな微笑《ほほえ》みはかなりの破壊力があったらしく、しっかりと絢奈を正面から見ていた染谷たちは一気に顔を紅潮させて下を向いた。

おそらく絢奈に一切の意図はないにせよ、こうして一瞬の内に相手の心を奪うような笑みを浮かべられるとは恐ろしい子だ。

「いい感じに話はまとまったみたいだし染谷たち！　放課後あたしたちと一緒にカラオケでも行かない？　思いっきり歌えばスッキリするって！」

絢奈の友人たちの提案に染谷たちは頷《うなず》いた。

いい感じに空気が和んだところで俺はホッと息を吐《つ》く。

「……ふぅ。マジで絢奈のおかげだな」

「いえいえ、私たちも決して無関係ではないですから……はぁ」

絢奈もため息を吐くくらいには疲れたようだ。

しかし本当に丸く収まってくれて良かったと思うが……やはり色んな意味で主人公体質の修は敵を作りやすいというのを実感した。

とはいえ俺も含めて絢奈のあんな姿を見てしまえば、これから修にちょっかいを掛けようとする人間は分かりやすく減るとは思う。

（修にとってのハッピーエンドはすなわちゲームのエンディングを超えた先にある幸せのはず……他のヒロインについても色々と考えることはありそうだけど、今はとにかく修と絢奈のことだけを考えるんだ）

俺がどうして斗和になってしまったのか、その理由は全く分からない。

しかし何だかんだプレイした寝取られゲームの世界だからこそ、見ることの出来なかった存在しないハッピーエンドを俺が手繰り寄せてやる！

その後、俺と絢奈はもしかしたら修が戻ってくるかもしれないと思って待っていたが帰ってくる気配はなかった。

「帰ってきませんね」

「だな。すぐ帰ってくるかと思ったけど甘かったか」

基本的にうちの高校の終礼は三時半くらいに終わるのだが、時計はもうすぐ五時になろうとしていた。

「斗和君」

「？　……っ、絢奈？」

既に教室には俺と絢奈しか居ないので静かだ。

そんな中で彼女に呼ばれてそちらを見た時、俺は目の前の絢奈が一瞬本当に彼女なのかと錯覚してしまった。

「二人っきり……ですね？」

「あ、あぁ……」

椅子に座っていた俺の正面に立った彼女だったが、そのまま体を密着させるように俺の膝の上に座った。

清楚《せいそ》な彼女に似合わない股を大きく開くような座り方だ。

「お、おい……」

「斗和君♪」

彼女が更に体を密着させたことで、体にダイレクトに伝わる柔らかさはもちろん、漂う香りは良い匂いだった。

突然のことに唖然《あぜん》としてしまった俺は何も言うことが出来ず、ただただ絢奈から与えられる感触をこの身に受けていた。

「こうするのも久しぶりです。あぁ斗和君の匂いですぅ」

「…………」

なんだ……？

絢奈とこうしていると酷《ひど》く頭がボーッとしてくるような感覚に襲われた。

普段の絢奈からは見られなかった濃厚な色気、それをこれでもかと感じてしまっているからだろうか。

「……絢奈？」

「ふふ♪」

妖艶に笑った彼女は俺の首に顔を埋《うず》め、そのままチロチロと舌を使って舐《な》めてきた。

しかも腰をモゾモゾと動かしているので更に俺を変な気持ちにさせてくる……だがこれで確定したかもしれない。

俺が朝と昼に感じた違和感の正体、おそらく斗和と絢奈は物語が始まってもいない今の段階で何かしらの関係を持っていると。

「……絢奈」

「斗和君」

ジッと見つめ合っていると全てがどうでもよく思えてしまう。

しかも目の前の女の子がとてつもなく魅力的に映り、流されてしまえと思ってしまうのはもしかしたら精神が体に引っ張られているのかもしれない。

ゆっくりと絢奈の顔が近づいてきていたその時、俺を正気に戻らせるチャイムの音が響いた。

「あ……」

五時を知らせるチャイムの音を聞き、俺は絢奈の肩に手を置いて彼女を立ち上がらせて体を離した。

絢奈は残念そうな顔をしていたが、俺としてもあのままだとどうなっていたか分からなかったのでチャイムには本当に助けられたと思う。

（……変だよな。あんなの困惑するに決まってるのにそれも一瞬だ。なあ斗和、お前は一体何をやったんだ？）

己の中に問いかけても返事なんて当然ありはしない。

結局、その後もしばらく待ったが修は戻ってこなかったので俺や絢奈と先に帰ることにするのだった。

玄関を出て帰り道を歩く中、チラッと絢奈を見たがいつも通りの様子だ。

「……ちっ」

ついつい絢奈に気付かれないように舌打ちをしてしまった。

斗和として今を生きている以上、過去に何があったのか明確に理解していないことがこんなにももどかしいとは思わなかった。

この体に残された斗和の生き方、その記憶も中途半端なものだし、本当にこの世界に俺を導いた神様が居るのだとしたら一体何を求めているのかと問い詰めたい。

「……？」

そんなことを考えていた時にポケットに入れていたスマホが震えた。

手に取って見てみると母さんからメッセージが届いており、冷蔵庫の中が寂しくなっているので食材を買ってきてほしいとのことだった。

「どうしたんですか？」

「あぁ。母さんからだ」

母さんからのメッセージを絢奈に見せた。

こうなってくると絢奈と別れて商店街の方に行くことになりそうだが、まあ母さんの頼み事は最初から断るつもりはないので早速向かうことにしよう。

「じゃあ俺は買い物して帰るよ」

「あ、はい」

じゃあなと告げて歩き始めたが絢奈はピッタリと隣に引っ付いている。

どうしたんだろうと思って彼女を見ていたら絢奈は水臭いですよ、と苦笑した。

「お買い物、是非手伝わせてください。商店街のことでしたらおそらく斗和君よりも詳しいですし、今の時間ならお肉とお野菜が安いお店とかもあるのを知っています」

「そ、そうか……」

なら絢奈が居てくれた方が色々と都合が良さそうな気がしてきた。

先ほどの絢奈の姿が脳裏を過《よぎ》ってしまい、一緒に居ていいのかと少し悩んでしまったが結局俺は頷いた……というよりは頷かされた。

「手伝いますよ。寧《むし》ろ手伝わせてください……というのは建て前で、もう少し一緒に居たいです。ダメ……ですか？」

「……頼む」

可愛《かわい》い女の子にこんなことを言われてしまっては断ることなんて絶対に出来そうになかったのだ。

絢奈と共に商店街に向かい、そこで俺は彼女の持つ家庭的な一面とも言うべきか、付いてきてもらって良かったと心から思う光景が広がっていた。

「このお肉は鮮度が良いですね。次はあっちのお魚を見に行きましょうか。あとはちょうどこの後キャベツや白菜が安売りされるのでそちらに——」

完全にこの商店街を絢奈は知り尽くしていた。

俺の目の前で次から次へと買い物かごに食材を入れていく絢奈。そんな彼女を俺は素直に凄《すご》いなと思いながら眺めていた。

「……？　どうしました？」

「いや……なんていうか、凄く家庭的な一面があるんだなって思ってた」

「ふふ、そうですか♪」

それからは俺も絢奈と並んで食材を見て回った。

どういう見方をすればいいのか、どんな風に選べばいいのか、一度では絶対に覚えきれそうになかったがこういうことを教えてもらうのも楽しい時間だった。

「こうやって二人で買い物をしているとまるで夫婦みたいですね。私がお嫁さんで斗和君が旦那様です」

「っ……」

ドキッと心臓が高鳴った。

不覚にも絢奈の言葉で俺はそのことを少しだけ妄想してしまい、そんな未来があるのならどれだけいいだろうと考えてしまった。

絢奈は見た目が優れているだけでなく勉強も出来るし、教室で見せた誰かを思い遣《や》り、守ろうとする勇気も持っていて……そしてこのような家庭的な一面を持っている完全無欠っぷりだ。

（……なるほど、確かにこれは人気投票一位になるのも納得だな）

俺の記憶が正しければここまで深く彼女のことは掘り下げられていなかったはずだが、それでもやはり彼女にはそれだけ人気になる要素がこれでもかと詰まっている。

ただエロゲでの立場は結局のところ寝取られヒロインでしかないわけだが、何か他にも彼女には人気になる秘訣《ひけつ》があったんだったか？

「……っ」

それを考えようとした時、軽い頭痛に襲われ俺はよろめいてしまった。

幸いに絢奈に今の姿を見られることはなく、無用な心配をさせてしまうことにはならなくて安心した。

その後、買い物は無事に終わり絢奈を家が見える位置まで送っていくことに。

「また斗和君の家にお邪魔させてくださいね？」

「……そうだな」

既に辺りは暗く女の子を一人で歩かせるには心許《こころもと》ない。

だからこそ俺はこうして進んで彼女を送らせてもらっているわけだが、俺はほぼ無意識にこんなことを考えていた。

（……絢奈の傍に居るのは心地いいな。色々と分からないことがあるけれど、どうしてこんなに絢奈のことを大切だと感じるのだろう……っ？）

待て、どうして俺はそんなことを考え始めた？

自分の心境の変化というよりは斗和の体に引っ張られているようなよく分からない感覚にまた困惑した。

（……斗和、お前は何を絢奈に感じていたんだ？　何を絢奈に求めてる？）

絢奈と共に歩きながら俺はそれをずっと考え続けていた。

そろそろ絢奈の家が近くなった時、それは必然的に近所に住む修の家も近いことになる。

こうやって夜に絢奈を俺が連れ回したようなものだが、やはり少ない可能性ではあってもこんな瞬間を修に見せるべきではないだろう。

「それじゃあ絢奈、今日は本当にありがとう」

「いいえ、私がしたくてしたことです。ですが……まだ離れたくないですね」

「っ……」

街灯に照らされた絢奈の姿はどこか神秘的で、そんな彼女にそのようなことを上目遣いで言われてしまえば俺としても心がグラッと揺れる。

しばらく絢奈と見つめ合っていたその時、背後から声が聞こえた。

「……絢奈お姉ちゃん？」

▽▼

「……斗和たち、もう帰ったかな」

生徒会室で伊織先輩の手伝いをしながら僕はそう呟《つぶや》いた。

いつもなら絢奈と斗和の二人と一緒に下校するところだったけど、伊織先輩に呼ばれてしまっては僕は断れない。

「……はぁ」

「どうしたの？」

「いえ、何でもないです」

ため息を吐《つ》いたことに気付かれてしまったが僕は何とか誤魔化《ごまか》した。

「…………」

伊織先輩と二人っきりの生徒会室、それはとてもドキドキするけれど僕の中には常に絢奈の存在があった。

（……絢奈）

僕、佐々木修にとって絢奈はとても大切な幼馴染《おさななじみ》だ。

物心付いた頃から彼女とはずっと一緒に居て、それこそ家族ぐるみの付き合いでとても仲が良かった。

『絢奈ちゃん！』

『修君！』

幼い頃にはお互いに名前を呼び合って寄り添い合うのも普通だったし、家族間でも仲が良かったからお互いの家を行き来することだって今も続いている。

絢奈はもはや僕の日常の一部と化しており、彼女と一緒に過ごすことが僕にとって一番の幸せであると言えた。

（僕はきっと……絢奈と結ばれるんだろうな）

言葉にするには恥ずかしいけれど、僕にはそんなある種の直感があった。

幼い頃から絢奈はずっと僕の傍に居てくれるし、それは高校二年生になった今でも何も変わらない……ずっと彼女は僕の傍に居てくれる。

『修と絢奈ちゃんはとてもお似合いね』

『うんうん！　お兄ちゃんと絢奈お姉ちゃんは絶対結婚するんだよ！』

恥ずかしいから本人の前では止《や》めてくれと言いたくなることを、昔はよく母さんと妹に言われていた……まあ妹に関しては今も言われることは多いけど。

「……ははっ」

ついつい絢奈や家族のことを考えると笑みが零《こぼ》れてしまう。

突然笑ったことで伊織先輩に変な目を向けられてしまったが、僕はコホンと咳払《せきばら》いをして何でもないフリをするのだった。

その後、伊織先輩の手伝いを終えた僕は教室に戻った。

「……あはは、やっぱり居ないよね」

待ってくれていると思った絢奈と斗和は流石《さすが》にもう居なかった。

念のためスマホを見てみると絢奈からメッセージが届いており、斗和と先に帰るという内容だった。

「なら僕もこのまま帰るか」

鞄《かばん》を背負って僕は学校を出た。

一人でこうして外を歩くのは久しぶりだけど、偶《たま》にはこういう日も悪くはないなんて思えてしまう。

それだけ僕にとって絢奈や斗和と居る日常が当たり前すぎるからかもしれない。

「絢奈や斗和だけじゃない、僕は家族にも恵まれている」

そう、僕は家族にも本当に恵まれていた。

僕は母親と妹、そして単身赴任で今は遠くに居る父親という家族構成だ。

母さんはいつも僕に美味《お》しい料理やお弁当を作ってくれるし、小さなことでも僕を褒めてくれて嬉《うれ》しい気持ちにさせてくれる。

『修は私たちの自慢の息子よ？　本当に可愛くて良い子、愛しているわ』

そう言って抱きしめられると本当に安心出来るんだ。

母さんもそれが分かっているらしく、少しでも僕が不安そうにしていたらすぐに気付いてくれるし……何と言うか、本当に母さんは僕のことを大切にしてくれているんだなと分かるのである。

もちろん母さんだけでなく、妹も僕のことを慕ってくれている。

『お兄ちゃん！　勉強教えて！』

僕はそこまで勉強が出来る方ではないのだが、それでも中学生の妹は僕と勉強をすること自体……いや、一緒に居ることそのものが大好きなのか、とにかく傍に居たがる子なのだ。

妹だからこそなのか分からないけど、僕にとっては本当に大切だし可愛い子でもある。

「父さんも僕のことを頼りにしてくれてるし」

単身赴任をしている父さんとは電話でよく話をしているが、その度に母さんと妹のことを頼むと伝えられていた。

父さんの代わりになるとは思っていないけど、今家に残っている男は僕だけなのだからしっかりと二人を守っていくつもりだ。

「もちろん、絢奈のことも僕が守るんだ」

幼馴染としてずっと傍に居てくれている絢奈のことも僕は守っていく。

僕にとって大切な幼馴染だからこそ……大好きな幼馴染だからこそ、これからも僕はあの子を守っていくんだ。

「僕がイジメられていた時も絢奈は助けてくれたし」

中学生の頃から絢奈のことで周りに嫉妬されることには慣れていた。

だからか色んな人にイジメられたりすることもあったけど、その度に絢奈が僕をいつも守ってくれていた。

「……あ、そういえば斗和もだっけ」

絢奈と一緒に斗和も守ってくれたっけ、確かそうだったはずだ。

「斗和にも本当に色々と助けられてるよな」

絢奈と同じくずっと昔からの付き合いである斗和のことも凄く大事に思っている。

僕もあんなイケメンで気配りも出来て……それこそ、絢奈の隣に立っても文句の言われないような人間になりたかったなと思わないでもない。

『ねえ斗和、絢奈とのことを応援してほしいんだ』

ずっと昔、彼にそう伝えて頷《うなず》いてもらったことがある。

そのこともあって斗和と絢奈の間に何もないと信頼出来るし、斗和が僕の味方をしてくれるのは今までも、そしてこれからもずっとそうだと思っている。

色々と考えすぎていたせいか、僕はずっと立ち止まってしまっていたらしい。

「……あ」

ぐうっとお腹《なか》が鳴り、僕は苦笑して少し駆け足で家に帰るのだった。

その途中、どこかで事故か何かがあったのか救急車のサイレンの音が鳴り響いていて僕は自然とそちらに目を向けた。

「……っ」

救急車のサイレンの音は嫌いだ。

別にその音が五月蠅《うるさ》いからではなく、ただ僕にとって嫌な記憶を呼び起こす音だから嫌いなのだ。

『修！』

『……え？』

蘇《よみがえ》りそうになった記憶を再び忘れようと僕は頭を振って一気に駆け出した。

家に着き、玄関を潜《くぐ》る頃には思い出しそうになってしまった嫌なことも気にならなくなっていた。

「ただいま～！」

いつもならおかえりと言って返事をくれる妹の姿がなかったので、今日は珍しくまだ帰っていないようだった。

「おかえりなさい、修」

そんな妹の代わりかのように母さんがリビングから顔を出した。

僕を見た母さんは微笑《ほほえ》んだまま近づき、その豊満な胸元に僕の顔を抱き寄せた。

「ちょ、ちょっと母さん？」

「ほら離れようとしないの。可愛《かわい》い息子が帰ってきたのだからこうしたいでしょ？」

「……そう？」

「そうよ♪」

高校生にもなってこんなことをされるのは恥ずかしい。でも相手が母さんだから僕もされるがままだった。

「今日は遅かったけど何かあったの？　もしかして絢奈ちゃんとデートかしら？」

「いや、今日は生徒会長の仕事に付き合ってたんだ。絢奈は先に帰ったはずだよ」

「そう？　ふふ、でも流石ね。生徒会長の仕事を手伝うなんて大役じゃないの」

別にそんな褒められるようなことではないのだが、あまり自分を卑下するのもどうかと思ってちょっと曖昧だけど母さんにまあねと苦笑した。

「お風呂用意出来てるから入ってきなさい」

「は～い」

部屋に荷物を置いてから僕はお風呂に向かった。

温かいシャワーを浴びながら改めて思うこと、それは本当に僕自身素晴らしい家族に恵まれているなということだ。

これはさっきも思ったことだけど、本当に僕はこの運命に感謝している。

世の中には色んな形の家族が居る中、間違いなく僕は最高の家族に囲まれていると言っても過言ではない。

優しい母、可愛い妹、頼りにしてくれる父……そして僕の傍にいつも居てくれる最高の幼馴染。こういう時だけまるでゲームの主人公だなと思えて自然と頬《ほお》が緩む。

「でも……」

しかし、それでも一つだけ気になることはあった。

そんな僕にとっての優しい家族だけど何故《なぜ》か斗和に対して当たりが強い、というか僕が斗和のことを話すと露骨に嫌そうな顔をするのである。

「……何かあったのかなぁ」

出来れば仲良くしてほしいところではあるけど、こういうことは気付けば解決されているものだと思うし、いつかは斗和とも仲良くしてくれると思っている。

「僕と絢奈、そして斗和はずっと一緒だったんだ。だからこそ皆には仲良くしてほしいからね」

いずれ……本当にいつか僕が絢奈とその……結婚とかする時にはやっぱり、斗和には友人代表としてスピーチとかしてほしいし。

「……あはは、僕って気が早すぎるだろ。でも……そんな未来が来てほしいかな」

自分で言うのもなんだけどちょっと気持ち悪い。でもこういうことを妄想するのはタダだし誰にも文句を言われることじゃない。

それに僕はこの未来が本当に来るものだと信じているんだ。

『修君』

『修』

ずっと一緒に過ごしてきた二人を思い浮かべながら、僕はお風呂を済ませて母さんの待つリビングに戻った。

「絢奈《あやな》お姉ちゃん？」

背後から聞こえたその声に俺は振り向いた。

振り向いた先に居たのは一人の女の子、俺たちよりも少し年下で中学生くらいの女の子だ。

「……琴音《ことね》ちゃん」

絢奈が口にした琴音という名前、彼女はフルネームで佐々木《ささき》琴音と言って名字からも分かる通り修《しゅう》の妹だ。

黒のボブカットに着崩した制服、そしてこれはあまり大きな声で言えることではないが色々と小さかった。

俺が斗和《とわ》になってから彼女に会ったのは数える程度だが、個人的には彼女はあまり会いたくない存在だった。

「私たちの家の近くで何をしているんですか？」

絢奈から視線を外し、俺を見つめて彼女は冷たく言い放った。

俺が彼女とそこまで会いたくない理由、それはこの態度からも分かるようにどうしてか斗和は彼女に……否《いや》、修の家族にとことん嫌われているらしかった。

斗和が修と仲が良いのは確かだがどうしてその家族と仲が悪いのか、それに関してはゲームでも語られていないし俺も何も知らないことである。

そしてもう一つ、彼女にはこの世界において大きな役割がある。

(佐々木琴音、妹枠での寝取られヒロイン)

そう、彼女もまた絢奈や伊織《いおり》と同じく修のもとから離れてしまう女の子だ。

琴音はとにかく修のことが大好きなブラコン、修もそんな琴音を溺愛しているほどで兄妹《きょうだい》仲は本当に良好である。

ただ、やはりそんな彼女にも悲惨な運命が待っているわけだ。

確か琴音の身に起きる出来事は何だったか、それを考えようとした時に鋭い痛みが頭に走ったため俺はこめかみを押さえた。

「どうしましたか⁉」

「……いや、大丈夫だ」

隣に居た絢奈が普段聞いたことのないほどの声を出してしまうほどに心配させてしまったようだが、すぐに痛みは引いたので俺は大丈夫だと伝えた。

取り敢《あ》えず今日はこれで絢奈とはお別れだ。

これ以上ここに居たとしても琴音から罵声を浴びせられるだけだろうから。

「絢奈に買い物に付き合ってもらっただけだよ」

そう伝えると琴音はゴミでも見るような目になった。

本当にどれだけ嫌いなんだよと逆に苦笑しつつ、最後に絢奈に視線を向けて言葉を続けた。

「それじゃあな。今日は本当に助かったよ」

「あ……はい」

最後にニコッと笑ってくれた彼女の笑顔に癒《い》やされつつ、俺は歩いて琴音の隣を通り過ぎるのだった。

しかし通り過ぎる間際、彼女は絢奈に近づきながら俺にも聞こえるほどの声量でこんなことを言っていた。

「絢奈お姉ちゃん災難だったね。無理やり頼まれたんでしょ？　女癖悪そうだし近づかない方がいいよ」

絢奈のことだから同調することは決してないだろう。

俺もそこまで言われる筋合いはなくないかと思ってしまうが、既に斗和に関して小さくない疑念を抱いているのである意味正論のようにも聞こえてしまうのが悲しい。

とはいえ、どうして修とは親友なのにその家族とこんなに仲が悪いのか分からない。

そういえばゲームでは修が斗和の家に遊びに来る描写はあったが、その逆は一度もなかったなと思い出した。

「……全然分からん」

もしかしたらゲームでは描かれていない何かがあり、それが原因で斗和は修の家に行くことがなかったのかなと俺は考えた。

「ま、気にしても仕方ないか」

母さんを待たせていると思うので俺はその後すぐに家に帰るのだった。

「ただいま～」

「おかえりなさい斗和」

玄関を開けて中に入ると、母さんが俺を出迎えてくれた。

ゲームでは斗和の家族関係に関しては特に触れられていなかったが、こうして転生したからこそその未知の部分を俺は知ることが出来ていた。

「ごめん遅くなって。絢奈に買い物を手伝ってもらってさ」

「そうだったのね。本当に絢奈ちゃんと仲が良いんだから」

絢奈と一緒に居たことを伝えると母さんは朗らかに笑った。

もうすぐ四十代になろうとしている母さんだが見た目は本当に若々しく、二十代と言われても信じてしまいそうな美貌の持ち主だ。

雪代明美《ゆきしろあけみ》、それが母さんの名前である。

「先にお風呂行ってしまいなさい。上がったらすぐにご飯よ」

「分かった」

その後、母さんに言われた通りに風呂を済ませて夕飯を食べた。

絢奈と一緒に買い物をしたと伝えたからか、話の内容のほとんどが絢奈に関することでやはり母さんは彼女のことを大変気に入っているようだ。

答えづらいことも質問されたりしたが何とか乗り切り、部屋に戻った俺はやりたいことがあったため椅子に座ってノートを取り出した。

「さてと。正直無駄なことだとは思うけど改めて情報整理してみるか……っとその前に絢奈にお礼のメッセージを送っておこう」

スマホを手に取ると絢奈にお礼の一文を送って再びノートに視線を戻した。

さっきも言ったがこれは情報整理ということで、俺はこのゲームに関して覚えている限りの情報をノートに書き出してみることにしたのだ。

「……それにしても今日の絢奈は本当に何だったんだ？」

俺のことをご主人様と呼んだこともそうだし、二人っきりになった時の距離の詰め方は正直何もないと考えるには明らかに無理がありすぎる。

俺の知らない何かがあることだけは確かだが、今となってはあの絢奈の態度こそが普通であり何もおかしくないのだと考えようとしている自分が居るのも妙だ。

斗和の体に引っ張られているからこそ、こうやって疑問に思うことさえもそのうち疑問に思わなくなりそうだが……。

「よし、とにかく書くぞ」

俺はペンを片手にノートに思い付いたことを書き出していく。

「佐々木修、音無《おとなし》絢奈、本条《ほんじょう》伊織、佐々木琴音……」

直近で出会った人たちの名前と共に細かいことも書いていく。

その間で特に気になるものは何もなく、おやこれはと頭を捻《ひね》るほどの情報も何も出てはこない。

修に関してはどこでも見られる主人公設定だし、絢奈たちに関しても出てくるのはスタイルや性格、何が好きで何が嫌いかくらいだ。

「この世界に【僕は全てを奪われた】の情報があるわけないしなぁ」

この世界にゲームの公式サイトなんて当然存在はしないが、キャラクターの紹介文は割と鮮明に思い出せた。

記憶を思い起こしながら少しばかり懐かしい気分になり笑みが零《こぼ》れる。

ふと気付くと俺が書いていたノートのページはあっという間に文字だらけになっていた。

集中しすぎだろと苦笑しつつ、俺は文字を眺めながら考えを巡らせた。

「修に関しては本当に何もないな。まあエロゲの主人公ってこんなもんか」

流石《さすが》はある意味エロゲの主人公だな、修に関しては本当に目ぼしい情報は何もなく逆に清々《すがすが》しいほどだ。

ヒロインである伊織と琴音に関しても全く同じ、まだ俺がこの体になって出会っていない残り二人も似たようなものだ。

「……絢奈はこんな感じか」

絢奈について書き出したのは彼女の紹介文だ。

これに関しては自分でもビックリするほどに公式サイトに書かれていたものと一字一句違《たが》わず書けたのではないだろうか。

〝修の幼馴染《おさななじみ》であり家も近所の女の子。容姿端麗で性格も優しくクラスメイトにも人気である。修もそうだが、斗和との仲も良好でありよく登下校を一緒にしている姿も見られている。修に対しては並々ならぬ想《おも》いを抱いており、いつその気持ちを告白しようかと機会を窺《うかが》っている〟

「並々ならぬ想い……か。それだけ公式の認識でも絢奈は修に対して強い想いを抱いているってことは共通なわけだ」

だとするならやっぱり、あの俺に対する態度はどう考えてもおかしい。

俺はペンを置いて腕を組みながら何か思い出せることはないかと考えてみたが、頭に出てくるのはゲームで描かれた絢奈の表情や仕草くらいだ。

『修君、今日も一緒に帰りますよ？』

『修君は本当に私が居ないとダメですね。ほらしっかりしてください』

『修君は私のこと……好きですか？』

『私も修君のことがずっと……ずっと……』

記憶の中の絢奈は本当に綺麗《きれい》な表情ばかりを浮かべている。

段々と悪夢が侵食してくる修の日常において、彼女だけは本当に変わらずに修の傍で彼を励まし続けていた。

「……俺が好きなシーンはそうだな」

　ゆっくりと記憶の海に沈むように俺は思い出していく。

　最終的には修のもとから離れていく絢奈だけど、ここが好きだなと思い出すシーンはいくつもあった。中でも一番はやっぱりあのシーンかもしれない。

「確か修と絢奈が一緒に帰っている時、将来について話をしていたシーンだ」

　これは割と序盤だったはず。そして長年一緒に居た二人の仲の良さがよく分かるシーンでもあった。

　とある日の学校帰り、夕陽《ゆうひ》をバックに絢奈が修と話をするシーンだ。

『修君は将来どんなことをしたいですか？』

『そうだなぁ……取り敢えず、絢奈が居てくれたらそれでいいかな』

　勇気を出した修のその言葉に絢奈が下を向く瞬間だ。

　おそらくは照れたものだと思われるが、顔を上げてクスッと笑った彼女はこう修に答えた。

『修君は変わりませんね。いつもそんなことを……ふふ、修君ならどんな私でもそんな風に思ってくれるんですか？』

『も、もちろんだ！　どんな絢奈でも僕は!!』

エロゲにあるまじきラブコメの波動を感じて口角が上がったのを憶《おぼ》えている。

その時はまだ誰も修の傍から離れていく描写はなかったし、彼女たちの個人視点においても不穏なものはなかった。

そして何より、斗和も本当に最高の親友という立ち位置だった。

『修君、私は修君が思っているような良い子ではありません。言えないこと、隠していることも人並みにあります。それでも私を受け入れてくれると言ってくれた修君のことが私は本当に好きですよ』

『……っ!!』

そう言ってその時の二人のやり取りは終わりを迎えたわけだが、よくよく考えればこの時の絢奈の台詞《せりふ》からも色々と考えることが出来たんだよな。

そんな風にとにかく絢奈は優しく、そしてどこまでも自分を持った少女だった。

いつだって修が呼べば来てくれ、修が辛《つら》い気持ちになった時にはいの一番に気付いて慰めてくれる……そんな子だった。

「みんなが離れていった時、絢奈から近くの公園に来てくれって言われるんだよな」

どんなに辛くても絢奈は変わらず傍に居てくれる。

それは修だけでなくゲームをプレイした側の人間でさえも希望を抱くほどの瞬間だった

のは言うまでもなく、心なしか温かく明るい音楽が流れていたような気がする。

しかし、そんな期待を粉々に砕いたのもまたあのシーンだ。

『斗和君じゃないとダメなんです♡　あんなウジウジして情けない幼馴染なんていりません♡』

その台詞の破壊力はまさに降り注ぐ銃弾のような威力だった。

優しかった彼女が快楽に蕩《とろ》けるようにだらしのない表情を浮かべ、打ち付けられる斗和のソレに全身で喜びを表していた。

「……まあ何だかんだ確かに結末は救いようのないモノだったけど、それでも色々と記憶の整理のためにもう一回プレイしてみたいもんだ」

もはやその願いも既に叶《かな》わないものとなってしまったが。

俺はしばらく現実と記憶の中に居る絢奈を比べた後、やっぱり特に大きな新事実が分かるようなことはなかったので今度は俺自身について──雪代斗和について──憶えている限り書き出した。

「……こんな感じか」

〝修の親友であり、絢奈にとっても頼れる男子生徒。その見た目と性格から男女問わず人気があり絢奈と同様クラスメイトからは一目置かれている存在。中学二年までサッカーを

やっていたらしいが、とある事情によりやめており今は帰宅部である〃

そんな文章を見つめながら、次いで俺は鏡に映る己の顔を見た。

どこまで行っても清々しいほどのイケメンで、今こうして俺が悩んでいる顔すらも女受けしそうな憂いを帯びている。

ゲームを始めた当初は斗和の立ち絵と紹介文から寝取りキャラというのは全く想像が出来なかった。

「え、こいつ寝取りキャラだったのかよ！　って驚いたもんな」

その時のことは本当に鮮明に思い出せる。

そんなことを考えながら俺は斗和が昔サッカーをやっていたという設定も思い出したわけだけど、特に意味はなさそうだし気にしなくて良さそうだ。

「とある事情ってのは気になるけど……う～ん」

気にしないでいいと言った手前気にしてどうするんだ。

でも、何故《なぜ》かは分からないがサッカーという単語を思い浮かべた時に何とも言えない痛みが胸に走った気がする。

結局、それも一瞬だったのでやっぱり俺は気にしなかった。

「後は後輩の内田真理《うちだまり》と修の母の佐々木初音《はつね》……うん、やっぱり何もない。マジで何も有益な情報がねえええええええ!!」

　ガシガシと頭を掻《か》いて大きな声を上げてしまった。

　幸いにも母さんの所まで声が届いたわけではなさそうだったので安心したが、既に俺には考える気力が残されていなかった。

　一応情報を書き出した紙は折りたたんで保管することにした。

「これでよしと。もう一度見ることはなさそうだがな」

　そう言って苦笑した俺は何を思ったのか机の引き出しに手を掛けた。

　本当に意識したものではなく、自然と体が動いたかのようにその引き出しを開けて取り出したのはアルバムだった。

「アルバムか……へぇ」

　中を見るとそこには幼い斗和と修、そして絢奈を撮った写真が収められていた。

　俺にとっては初めて見る写真であり、これもゲームでは全く見ることのなかった写真だ。

　そもそも幼い頃の修と絢奈にしても過去の回想はあったが立ち絵などは全くなく会話のみの進行だったので、まさかこんな写真にお目にかかれるとは思わず俺は夢中になってパラパラとアルバムを捲《めく》った。

「あはは、こいつはレアだなぁ」

俺が目に留めたのは三人でサッカーをやっている写真だ。

絢奈がボールを蹴ろうとして、おそらく空蹴りしてしまったみたいで盛大にその場に転んでおり、それを眺めている斗和と修がお腹《なか》を抱えるようにして笑っていた。

『もう笑わないでよ二人とも!!』

「……?」

今一瞬、幼い誰かの声が聞こえた気がした。

俺は辺りをチラチラと見回し、気のせいかと思いながらもしかしたら今のは斗和の体に染み付いた過去の記憶ではないかと考えてしまう。

「……絢奈……か」

俺には絢奈との過去の記憶はない。

だというのにこうして写真を眺めているととても懐かしい気分にさせられ、あまつさえこうして写真を見たからか彼女の声が聴きたくなってしまったのだ。

俺は何かに導かれるがままにスマホを手に取り絢奈の連絡先をタップした。

「……っておい!?」

そしてそのまま電話がかかってしまう。

色々と考えたり写真を眺めたりして既に時刻は十時を過ぎているため、まだ寝ていない可能性もあるが夜の電話は迷惑じゃないかと俺は思った。

コール音が聞こえた瞬間にすぐ電話を切ろうとしたのだが、まさかのワンコール目であちらに繋《つな》がってしまった。

『もしもし、斗和君どうしましたか？』

「……えっと……いきなり悪いな絢奈」

流石《さすが》にあまりに早く電話に絢奈が出たのでかなり驚いた。

今の早さだとスマホを手に取っていなければ無理なはずだけど、もしかしたら絢奈も俺に電話をしようとか考えていたんじゃ、なんてことを考えたけど流石に違うかなと苦笑する。

『全然いいですよ。実は私も斗和君に電話をしようか迷っていたんです。あんな別れ方をしてしまいましたから』

「……あ〜」

確かに気持ちの良い別れ方ではなかった。

まあいまだにどうして琴音があんなにも俺のことを嫌っているのかは不明なままだが、気にはなるものの別に聞き出そうとも思わない。

『ふふ、電話をしようか迷っていたのもありますが、もしかしたら斗和君の方からというのも考えていたんですよ。願いが通じましたね♪』

「っ……」

絢奈の言葉につい頬《ほお》が熱くなった。

この子はどうしてこんな恥ずかしい言葉を簡単に言えるのだろうか、そして何よりその言葉がどれだけ俺の心を喜ばせてくれるか分かっているのだろうか。

絢奈の場合これは決して計算などではなく、きっと嘘偽《うそいつわ》りのない本心からの言葉だということはよく分かる。

「実は色々と一人で考え事をしていてさ」

『はい』

「それで今日はもういいかなってなった時についスマホを手にして、それで無意識に絢奈に電話をかけちゃったんだ」

言った後に少し恥ずかしいなとも思ったけどまあ本心だからな。

そう伝えるとしばらく絢奈は黙り込み、どうしたのかと思っていると何やらバタバタとした音が聴こえてきた。

『もう斗和君！　どうして斗和君は今電話の向こうに居るんですか!!　傍に居たら思いっきりギュッってするのに!!』

「それは……残念だなぁ」

『はい！　この距離感が悩ましいです凄《すご》く!!』

おそらく絢奈は今ベッドの上で寝転がりながら電話をしているのだろう。

先ほどのバタバタとした音は足をベッドに叩きつけている音なのではないかと思ったが、あの絢奈がそんな子供っぽい仕草をしているというのも中々可愛《かわい》らしい光景だった。

「……なあ絢奈」

『はい、何ですか？』

彼女の顔は見えないのに何でも言ってほしいと優しく微笑《ほほえ》んでいる気がする。

何となく、本当に何となくだが少しくらいキザっぽいことを言っても良さそうだなと軽く考えながら、俺はこんなことを口にしていた。

「次会った時は思いっきり抱きしめてもいいか？」

『それはもちろん！　斗和君ならいつだってウェルカムですよぉ!!』

言った後に恥ずかしくなったものの、

「……はは、そっか」

とだけ返した。

『はい♪』

またバタバタと大きな音が聴こえてきた。

どうも絢奈は興奮するというか、嬉《うれ》しい気持ちが限界に達するとそれを発散するために足をバタバタさせる癖があるのかもしれない。

でもそうか……次に会った時は思いっきり抱きしめてもいいのか。

(この体になった影響か、絢奈との些細《ささい》なことですら心が躍るというか凄く幸せな気持ちになる。結局俺は雪代斗和ってことなのか?)

参ったなと俺は修のことを考えてため息を吐《つ》いた。

こんなどっちつかずの気持ちの時に目の前に絢奈が居なくて良かったなと思いつつも、俺はそれからしばらく絢奈との雑談を楽しんだ。

そして十一時を回ろうとした頃、そろそろ通話を終えようかと考え始めた時のことだった。

『斗和君』

「……どうした?」

少しばかり絢奈の声が真剣さを纏《まと》った。

電話越しにも感じ取れる彼女の変化に俺は驚きながらも、絢奈から伝えられる言葉をジッと待った。

そして彼女はこんなことを俺に伝えてきた。

『どんな斗和君でも私は大好きですよ。あの時斗和君を受け入れたのは決して憐《あわ》れみとかじゃないんです。貴方《あなた》の傍に居たい、支えたいと思ったから私は捧《ささ》げたんです』

「……それは」

絢奈は一体何を話している？　彼女は何を言っているんだ？

その言葉の意味を考えていた時、ふとこの体になって時々感じる頭痛が再び俺に襲いかかった。

そこまで酷いモノではなかったが、その痛みを発端に何かを頭の奥から引き摺《ず》り出そうとしているかのようだ。

「……これは？」

『斗和君？』

脳裏に蘇った一つの記憶は映像となって俺にそれを見せた。

無防備な絢奈の上に覆《おお》い被《かぶ》さる斗和の姿、まるで絢奈に襲い掛かっているような光景だが斗和の表情がとても辛《つら》そうだったのに対し、絢奈はまるで全てを受け入れると言わんばかりの美しい微笑みを浮かべていた。

「……っと、すまん。ちょっと眠くてボーッとしてた」

『確かに結構話しましたからね』

クスクスと笑っている絢奈の様子は本当に楽しそうだ。

そんな絢奈に釣られて俺も笑みが零《こぼ》れ、眠いことを指摘されたのだから良いオチだと考えて今日はもう寝るかと絢奈に伝えた。

『嫌です。もっとお話ししたいです……ダメ、ですか？』

「…………」

本当にこの子は……俺は小さくため息を吐き、お互いにもう今日は寝るべきだと心を鬼にした。

「また明日学校で会えるだろ？　だから今日はこれで終わろう」

『……分かりましたぁ』

まあ俺が電話をしてしまったからこうなったんだけどな。

その後、本当に最後の最後まで電話を切ることを渋る絢奈に付き合いながら何とか通話を終えた。

「……ふぅ」

まるで一仕事終えた後のような感覚だが、絢奈と言葉を交わせたことには大きな満足感があった。

　彼女と話をすると内なる何かが絢奈を求め始め、修のことなんかどうでもいいだろうと囁《ささや》いてくるかのようだが、この感情にも何かしらの意味があるのではと俺は考えている。

「……あ～あ、取り敢《あ》えず今日はもう寝るか。流石に眠たいって」

　変に色々考えすぎて明日遅刻したらそれこそ大変だ。

　ベッドに横になり暗くなった部屋の天井を眺めながら、俺はこれからどうすればいいのかとやっぱり考えてしまったが眠気には勝てず、すぐに眠りに就いた。

▽▼

　それはとある世界の話だった。

　一人の男性がパソコンの前に座っている。先ほどまでプレイしていたゲームのエンディングを見てその男性は喜ぶ……ことはなく嘆いていた。

「……何だよこれ何なんだよこのゲーム。いや分かっていたよ？　でも最後の最後に絢奈の堕《お》ちシーンを持ってくるかね？　どんだけ鬼畜なんだよこのゲーム‼」

　流れるスタッフロールを黙って見つめながら文句を口にした男性だが、ゲームをクリアしたということで感想でも書こうかと思いネットに潜ったその時だった。

男性はとあるモノを見つけてしまった。

「【僕は全てを奪われた】のファンディスク……絢奈の物語？」

男性が見つけたのは今の今までプレイしていたゲームの続編とも言える位置付けのファンディスクだった。

流石に気になってしまうがプレイしていたゲームが寝取られモノということでそれなりに心にダメージを負っていたため、とてもではないがその続編となると手を出す気にはなれない。

「本編で描かれなかった彼女の物語を追体験しよう……ってどうせあれだろ？　一回しかエッチシーンがなかった絢奈の掘り下げだろ？　これ以上絢奈の濃厚な堕ちシーンを見たくなるわけねえだろ！」

ずっと主人公の傍に居てくれた美しきヒロイン、そんな絢奈に隠された真実は正直言ってかなり心に傷を負った。

まあこの手のジャンルのゲームをプレイして心に傷を負うのはその人の自己責任でしかないが、それでも男性がこれほどまでに言いたくなるほど絢奈という少女はとてもヒロインしていたわけだ。

「……まあ買わねえけどちょい見てみるか」

それでも怖いもの見たさというものはあった。

何度も言うが男性自身このファンディスクを買うつもりはなく、せめて感想くらいは見ようかなと思ってそのページに飛ぶのだった。

「すっげえ高評価じゃん……」

レビューは五段階で数字が高いほど良い評価になる。

そんな中でほとんどの評価が五段階、つまりこのファンディスクはプレイした人たちにとって大変満足出来る内容だったということだ。

この際だからネタバレなんてどうでもいい、とにかくこの高評価の詳細を知りたいと思い、男性は上から順に感想を見ていくことにした。

・本編で描かれなかった物語ということもあり気になったので購入しました。何と言うか……凄《すご》いなと思いました。視点の違いももちろん、本編で描かれなかった出来事を掘り下げるとこうも抱く感想が変わるんだなと驚いています。

・修に少しでも思い入れがある人は買わない方がいいです。本当に救いがないですし、何より絢奈という少女の印象がひっくり返ります。

・絢奈が処女を散らすシーンがありますが、あのシーンの絢奈は寝取られヒロインなんかじゃありません……ただの女神でした。
・修と親しいということでとばっちりを受けた後輩と先輩可哀《かわい》そう。でも抜けたので僕は満足です。
・これが本編寝取られヒロインってマ？　ただの純愛やん最高でした。
・ただただ絢奈が怖い。でもこんな彼女が欲しいと思いました。どこに行けば会えますか？
・サッカーの設定があんなに関わってくるとは思わなかった。斗和君、そりゃ恨むよねって話。絢奈と幸せになってね。
・新しい世界が開けた気がします。ただ本編寝取られヒロインがファンディスクの主人公として描かれる話は今後ないんじゃないでしょうか。ストーリーもそうだしエロシーンも最高でした。
・絢奈の慈悲があったからこそ、彼女の母親が見逃されていたのは惜しいな。熟女好きとしては絢奈ママのシーン欲しかった。

等々だ。

「……なるほど？」

澄ました顔でそう小さく呟《つぶや》いた男性はゆっくりとカーソルを購入ボタンまで移動させるのだった。

4章

「……？　なんか妙な夢を見た気分だな」

目を覚まして開口一番がそれだった。

昨日の夜、色々とこの世界についての整理をした後に絢奈《あやな》と話をしてから寝たことは覚えている。

その後、眠ってからこうして今日を覚ますまでの間に何か変な夢を見たような気がするんだが……全く思い出せない。

「取り敢えず起きるか。母さんが朝飯作ってくれてると思うし」

まだ少しだけ眠たいと訴えてくる体に活を入れつつ、俺は部屋から出てリビングに向かった。

「おはよう斗和《とわ》」

「おはよう母さん」

扉を開けて中に入ると美味《おい》しそうな香りが漂ってきた。

まあどこの家庭とも変わらないありきたりな朝食のメニューだとは思うのだが、それでもちゃんと母さんの愛が込められていることは伝わってくる。

(普段の食事もそうだし弁当も本当に美味しく作ってくれるんだよな)

母親だからこそ息子の好みを知り尽くしているから、というのも大きいか。

味噌汁《みそしる》をお玉で掬《すく》いお椀《わん》に注いでいる母さんの後ろ姿を見つめていると、流石《さすが》に母さんもあらっと首を傾《かし》げて俺のことに気付いた。

「どうしたの？」

「……いや」

確かにこうやってジッと見つめているのは変だろうな。

母さんに見つめられてしまい何を口にしようか迷ったのだが、咄嗟《とっさ》に出た言葉は母さんへのお礼の言葉だった。

「いつもありがとう母さん。弁当とか食事とか最高に美味《おい》しいよ」

そう伝えるとやっぱり母さんは更にポカンとしていた。

このお礼の言葉は嘘《うそ》ではない、ただ母さんにこう伝えたいという気持ちが溢《あふ》れてしまったのだ。

(これも斗和の感情？　家族……それも唯一残った母親を安心させたい、あるいは喜ばせたいって感じなのかな)

一応今の俺にとって自分の家族のことなので分かっていることは多かった。

まず唯一の残った母親と説明したけど、別に浮気とか離婚とかして父親が居なくなったわけではなく、ただ不幸な事故があって父親は……父さんは亡くなった。

最愛のパートナーを喪《うしな》った気持ちは俺には理解出来ない。それでもそんな過去を乗り越えて一人の息子を慈しんでくれている母さんは本当に凄《すご》い人だと思うのだ。

(本当に知らないことがたくさんある。これから思い出していけるといいんだが)

なんてことを考え続けていたからか、いつの間にか傍に居た母さんに俺は気付くことが出来なかった。

「斗和ぁ!!」

「うおっ!?」

大きな声と共にギュッと母さんに抱きしめられた。

突然のことに驚いた俺だったけど、やっぱり相手が母さんだからかとても落ち着くし安心出来る。

「嬉《うれ》しいことを言ってくれるじゃないの！　母親として息子にそう言われるのは本当に幸

せよ！」

「……そっか」

「えぇ！」

それから母さんと共に朝食をとる。

先ほどのやり取りのおかげか終始母さんは機嫌が良く、逆にこっちが恥ずかしくなりそうなほどにずっとニヤニヤとしていた。

(母さんってめっちゃ派手だよなぁ)

そんな風にニヤニヤしている母さんを見て思ったことがこれだ。

茶髪の頭に耳にはピアス、いい歳《とし》をした息子を持っているにしては普通に比べれば派手だと言われるはずだ。

だからといって何かマイナスな印象を相手に与えるわけでもなく、どちらかといえば姉御肌を感じさせる女性に思われそうだ。

「斗和、ゆっくりしててもいいけど時間は大丈夫？」

「……え？」

時計を見て俺が急いだのは言うまでもない。

すぐに歯磨きを終えて外に出る準備を整え、俺は家から飛び出した。

「今日は俺の方が遅くなりそうだな」

その言葉は嘘ではなく、いつもの待ち合わせ場所に向かうと修《しゅう》と絢奈が仲良く話をしながら待っていた。

「……ったく、本当に仲の良い二人だな」

あの光景がずっと続けばいい、それが俺の役割だと思えば思うほど少しばかり胸に痛みが走るようだった。

同時に思うのは昨日絢奈と話をした時の喜びと楽しさ……あれを俺だけがずっと独占出来ればいいのに、なんてことも僅かながら考えてしまう。

「……なんつうかこの感覚、俺って誰なんだろうって思うな」

俺には前世の記憶というか、前の世界の記憶が確かにある。

それはつまり俺にとって前の人生があったことを意味するわけで、それこそが俺が斗和ではない別の人間だという証明でもあった。

だがこうして斗和になってから体に引っ張られているような感覚を覚えるたびに、俺は俺なのかそれとも斗和なのかと分からなくなるのだ。

「あ～あ、参ったなぁこの気持ちは」

そんな風に悩みはしてもやっぱりすぐに気分は落ち着いてくる。

結局のところ、俺が誰であろうと既に斗和という存在から変わることは出来ないし止めることも出来ないんだろう。

「お～い斗和！　何やってるんだ～！」

「斗和く～ん！　早く来てくださ～い！」

「あぁ！　悪い悪い！」

二人に呼ばれたためすぐにそちらに向かった。

俺が合流したことで二人は歩き始めたのだが、やっぱり昨日と同じで先を二人が歩く形でそのちょっと後ろを俺が歩いていた。

「そういえば絢奈、今日母さんが来てくれないかって言ってたんだけど」

「今日ですか？　う～ん……」

修の問いかけに絢奈が悩んでいた。

修と絢奈の家は近いのでお互いに行ったり来たりするのも珍しくはない。どちらかの家で食事をしたりするのもよくあることだ。

結局、絢奈が買い物をしたいからまたの機会にしてほしいと言って誘いを断ったのだが、当然修は面白くなさそうな表情だった。

「それってこっちに来ることよりも優先することなの？」

「えっと……」

修の言葉に絢奈が困っていた。

傍《はた》から聞いていた俺も流石にその聞き方は良くないだろうと思い、修の肩に手を置く形で口を挟んだ。

「絢奈にも個人的な用事ってのはあるだろ？　親しき中にも礼儀ありって言葉があるくらいなんだから、あまりそういう聞き方はするんじゃないぞ」

「……ごめん」

俺の言葉に修は素直に謝ったけど、やっぱり気に入らなかったようでそれから学校に向かうまでは極端に会話が減ってしまった。

「……ごめんなさい斗和君」

「気にすんなよ」

空気を悪くしてしまったことを絢奈に謝られたが気にすることではない。

どうせ修のことだからすぐに忘れるだろうし、絢奈にデレデレして気にすることはなくなるんじゃないかな。

結局修はそそくさと先に歩いていってしまった。

残された俺たちは互いに苦笑しながらその背中を追っていく。

「実は買い物というのは嘘なんです」

「え？」

ペロッと舌を出してそう言った絢奈に俺は驚いた。

つまり絢奈は嘘を吐《つ》いたということで……まあ絢奈が絶対に嘘を吐かない人間とは思っていないし、人である以上は珍しいことでもないしな。

それでも修相手に嘘を吐くというのは結構意外だと思った。

「私も偶《たま》には一人で過ごしたい日もあります。もちろん、斗和君が居てくれる方が何よりも幸せなことは確かですけど」

「っ……」

まただ……また彼女はそんなことを言ってくる。

こうして絢奈から深い意味が込められているであろう言葉を投げかけられると、昨日の電話のことを思い出す。

『どんな斗和君でも私は大好きですよ。あの時斗和君を受け入れたのは決して憐《あわ》れみとかじゃないんです。貴方《あなた》の傍に居たい、支えたいと思ったから私は捧《ささ》げたんです』

その言葉の意味を俺は思い切って聞こうとしたのだが、それよりも早くに絢奈が俺の手を取った。

「こうして二人っきりで登校するのもいいですけど、流石に修君にこれ以上文句は言われたくありませんから行きましょうか」

「……そうだな」

やっぱり絢奈も修を甘やかすだけではないんだなと俺は苦笑した。

手の平に伝わる絢奈の手の温《ぬく》もりを感じながら歩いていると、ふと絢奈はこちらに目を向けて口を開いた。

「斗和君……何かありましたか？」

「何かって？」

「……どこか人が変わったような気がして」

その言葉に俺は思わず硬直した。

体の動きだけでなく、心臓の動きまで止まったかのよう……つまり何が言いたいかと言うと時間が止まってしまったかのように錯覚したのだ。

どこか人が変わった、それはまさに今の俺を示す核心めいた言葉だったわけだ。

「なんて、ちょっと感じてしまったことなので気にしないでください」

「……あぁ」

気にするな、そうは言われても俺としてはビックリもしたしバレて拒絶されるのではないかとヒヤヒヤもしていた。

絢奈が笑顔を浮かべてくれたのである程度は体の感覚が戻ってきたものの、やはり俺の身に起きた変化に気付いてしまう人は居るということだ。

相坂《あいさか》に言われた時にはなかった心の動揺……それだけ、絢奈が特別だってことの証《あかし》なのかもしれない。

「…………」

「……その……気にさせてしまいましたか？」

「……あ～」

どうやら俺はずっと表情が硬かったらしく絢奈が心配そうに顔を覗《のぞ》き込んできた。

特に気にしていないから大丈夫だと、そう伝えるよりも先に絢奈がまた言葉を続けた。

「人が変わったとはいってもその言葉通りの意味ではないんです。確かに最近の斗和君が少し変わったなとは思いましたけど……何と言いますか、それでも斗和君だなとは思っているんです」

「どういうことだ？」

「あはは……私もよく分からないんですけど、どんなに人が変わったように見えてもそこに居るのは斗和君だと分かるんです。私の心は決して斗和君を間違えない、だからこそうして手を握るあなたは斗和君だって言えるんです」

自分で言っててよく分かりませんね、そう言って絢奈は笑って再び歩き出した。

握られていた手は離され絢奈は先に行ってしまったが、それでも今の言葉は俺にとって少し安心出来るものでもあった。

まだまだ分からないことだらけのこの世界で、俺はそこに居てもいいのだと絢奈に言われた気がしたからだ。

「不安になったり安心したりしてばっかりだな。やれやれ、こんな風にウジウジしても仕方ないって思わせられるよ」

もちろん生きている世界が突然変化したからこその悩みなので、こればかりは現時点で経験している俺にしか分からないことだ。

そんなことでウジウジしすぎだろうと、そのようなことを赤の他人に言われたところでお前に何が分かるんだと逆に言える立場でもある……そうだな、この悩みは決して悪いことではないんだ。

「……？」

足を止めた俺を絢奈は少し先で待ってくれていた。

やっぱり気にさせてしまったのかなと不安そうになっている表情が印象的でつい苦笑い

してしまったが、俺のことで悩ませていることは分かっているのですぐに駆け寄った。

「悪い悪い、もう大丈夫だ」

「本当ですか？」

「あぁ」

それでも絢奈はしばらくチラチラと俺の顔を見ていたものの、本当に大丈夫そうだと感じたのかすぐに気にすることはなくなった。

何だかんだこんなことをしていると修との距離が離れてしまい、さっきまではその背中が見えていたはずなのにもういなくなっていた。

「修の奴《やつ》早すぎるだろ」

「そうですね。ねえ斗和君、腕を組んでもいいですか？」

「……うん？」

はて、今絢奈は何を言ったのだろうか。

俺は確かに疑問を口にしたはずだが体は彼女に応えるように動き、しっかりと腕を組むことが出来る形をとっていた。

「……えへへ♪」

「…………」

ギュッと大切な物を扱うように優しく腕を抱きしめられた。

絢奈の腕の感触だけではなく、彼女の持つ豊満な膨らみの柔らかさもダイレクトに伝わってきて、少しだけドキドキしていた。

（……やっぱり二人っきりになると絢奈は途端に距離が近くなる）

昨日の放課後に比べればまだそこまで刺激のある絡みではないけれど、それでもやはり俺と絢奈の間には何かがあるのだと感じさせた。

せっかくの二人っきり……まあそうでなくても電話などでいつでも聞けることではあるが、俺が意を決して踏み込んだことを質問しようとしたその時だ。

「あれ、絢奈先輩？」

そんな声が聞こえたと思ったらスッと絢奈の腕が離れた。

腕から消えた温もりと柔らかさに少しばかりの寂しさを感じつつ振り返ると、そこに居たのは後輩の女の子だった。

ただ、その子はこの世界の事情を知る俺にとっては気に掛けるべき一人でもあった。

「真理《まり》ちゃん？　おはようございます」

「はい！　おはようございます！」

元気が取り柄のボーイッシュな女の子、笑顔で挨拶を返したその子こそが後輩枠での寝取られヒロインである内田《うちだ》真理だ。

絢奈の隣に立っている俺を見て彼女――真理は驚いたように目を丸くしたが、すぐにあっと声を上げて頭を下げた。

「初めまして！　もしかしなくても雪代《ゆきしろ》先輩、ですよね？　絢奈先輩にも修先輩にも聞いています！」

「そうだったのか。えっと、雪代斗和だ。よろしくな」

「はい！　内田真理です！　よろしくお願いします！」

何と言うか……本当に元気の塊みたいな女の子だ。

（なるほど……斗和と真理はここで初めて出会ったのか）

この部分に関してはゲームで語られたことはないため、単純に俺が斗和になった影響でこの出会いがもたらされた可能性もなきにしも非《あら》ずだ。

それに基本的にゲームの中だと斗和と他のヒロインの絡みは限定されており、真理や伊《い》織《おり》と知り合いであるという描写そのものもなかったため、こうして真理と話をしている場面を体験すると何とも不思議な感じがしてきそうだ。

「でもなるほど……遠目で見たことはありましたけど、本当に雪代先輩って凄《すご》くイケメンなんですね！」

「そうか？　ありがとな」

「……わわっ！」

別に微笑《ほほえ》みかけたわけではないが真理が顔を赤くしてしまった。

今となっては自分の体のことではあるのだが、本当に斗和はイケメンと呼ばれるほどに顔面が整っている……俺も前世でこんな顔に生まれたかったなと思うこともしばしばあるほどだ。

その後、せっかくこうして合流したのだから真理も一緒に登校することになった。

そうは言っても基本的に絢奈と真理が仲良く会話をしており、俺はそれを修の時と同じように眺めているだけだ。

「……元気で良い子だな」

会話をしてまだ少しだけど真理の人の好《よ》さはよく伝わってくる。

こんな子でも寝取られてしまうのだからエロゲのシナリオというのは業が深く、何とも救いようがない話だ、本当に。

「あの子は確か……」

真理は確かスポーツジムに通い始め、そこのトレーナーにちょっかいを出される。

彼女は陸上部に所属しており将来を期待された有望株のため、少しでも周りの期待に応

えるためにジムに通い出すという流れだったはずだ。

『修先輩！　実は私、来週からあるスポーツジムに通うことになったんです！』

そう元気に修に伝えたわけだが、まあ歴戦のエロゲプレイヤーならここでまさかと察するくらいにはフラグが立ったわけだ。

「……でも変な話だよな」

よくよく考えれば絢奈を除き、修と親しい女性たちは四人ともほぼ同じ時期からその身に悪意が降りかかる。

まるで示し合わせたような連続イベントの発生に何か意図的なものを感じさせるがそれは制作陣の演出かな。

「そういえば修先輩は居ないんですか？」

「実は今日の放課後に予定が合わないことを伝えたら拗《す》ねてしまいまして……」

絢奈がそう伝えると真理は苦笑していた。

「そうだったんですね。でもそうやって修先輩を拗ねさせることが出来るのもある意味絢奈先輩の特権だったり？」

「そうでしょうか」

そんな特権欲しくないなと俺は人知れず苦笑した。

俺は二人と一定の距離を保っていたわけだが、真理は絢奈だけでなく俺とも会話をしたいと思ってくれたのかこちらに顔を向けた。

「実はこうして雪代先輩とお話ししたいと思っていました。ずっと修先輩からも雪代先輩はヒーローみたいな人って聞いてたんです！」

「ヒーローって……俺はそんなんじゃないんだけどな」

「斗和君はかっこいいですよ。ヒーローそのものです」

「……絢奈」

絢奈にまでそう言われてしまい少し居心地が悪かったが、俺の斗和フェイスはそんな微妙な笑みですらイケメンに見えるらしく、真理はおぉっと声を漏らしていた。

「本当に雪代先輩ってイケメンですね……性格までイケメンです？」

「そんなん自分じゃ分からんさ。俺だって修みたいにウジウジしたり悩んだりすることは多いからな」

「いやいや、答え方と仕草がもうイケメンなんですよ」

イケメンの定義とはなんぞや、誰か真理に教えた方がいいんじゃないかと思う。

「こうして雪代先輩ともお知り合いになれましたけど、修先輩と出会ったのも絢奈先輩のおかげなんですよね。まるで絢奈先輩が私に多くの出会いをもたらしてくれているみたいです」

「そうだったのか？」

絢奈に問いかけると彼女は頷《うなず》いた。

伊織が修と出会ったきっかけが絢奈というのは語られていたことだが、真理に関しては触れられていなかったため、伊織と同じく真理も絢奈の導きで修と出会ったというのは今初めて知る事実だった。

その後は俺も積極的に話に混ざりながら学校に向かい、下駄箱《げたばこ》で真理と別れて教室に向かう。

「あ、居ましたね」

「早速寝てるんだな」

先に教室に着いた修は自分の机に突っ伏すようにして動かなかった。

教室に入ったらあんな風に自分だけの世界を作らず、周りのクラスメイトと話をする機会を作ればいいのになとは思うんだが……そればっかりは俺や絢奈でも強制は出来ない。

「おっす雪代」

「おう相坂」

相坂に挨拶を返して席に座った。

絢奈は修の相手をするべく近づき、顔を上げた修と何かを話しながらクスクスと口元に手を当てて笑っていた。

「どうやら機嫌は直ってるみたいだな」

思った通りだったと俺は安心した。

机から勉強道具を取り出しながら俺が考え始めたのは先ほどまで一緒に話をしていた真理のことだ。

「……本当に良い子だった」

人が誰しも抱えている醜さのようなものを持っていない純粋な子、それが真理に対して抱いたイメージだった。

そんな真理も、そして伊織も絢奈の導きによって修と出会い……そして奪われていくというのはある意味因果な話ではあるのだが、もしもどうにか出来るのであれば彼女たちの未来を知っている者として、何か助けることが出来ればなと俺は思った。

「斗和」

「どうした？」

絢奈と一緒に修が近づいて声を掛けてきた。

「実は放課後、絢奈が買い物に行く時間までは一緒に過ごそうってことになってさ。斗和も一緒に遊ばないかなって」

「ふ～ん？」

なるほど、絢奈なりにフォローを入れたってことか。

せっかくの二人だけの空間に俺が居ていいのかと聞きたくなったが、こうやって誘ってくれた以上逆にそんなことを聞く方が失礼かもしれないな。

「分かった。付き合うよ」

こうして放課後の予定は決まった。

その日も伊織が教室にやってきて修を連れていくイベントも発生したが、俺と絢奈が教室内で釘《くぎ》を刺したからか染谷《そめや》たちも含めて誰も修に対して嫌がらせを行おうとする動きは見られなかった。

それどころか、少しばかりの変化を俺は目にした。

「ねえ染谷、今日の放課後どうする？」

「え？　そうだな……えっとぉ」

「ちょっと何緊張してんの？　ただ遊びに行くだけでしょ？」

「……そ、そうだな!!」

俺が目を向けたのは染谷と絢奈の友人である上坂《うえさか》の会話だ。

上坂は昨日ちょうどいいタイミングで染谷たちをカラオケに誘ってくれた女の子だけど、あの二人から今日になってやけに距離の近さを感じさせる。

今までがどうだったかは分からないものの、周りの反応などを見てみるとああやってあの二人が仲良くしているのは今日が初めてのようだ。

「どうしたんですか？」

傍に居た絢奈が俺の視線の先に目を送り、あぁと頷いて言葉を続けた。

「カラオケで思った以上に意気投合したらしいですよ。あの子、凄く楽しそうに言ってましたからよっぽど気に入ったんでしょうね」

「へぇ……」

それはまた珍しい組み合わせが……とも思わなかった。

染谷も上坂もお互いに派手な見た目をしているが、素行の悪い不良というわけではない。

染谷に関しては修に対して悪意を向けていたものの、しっかりとこちらの言い分に耳を傾けてくれたわけだしな……まあ一番はそういうことを最初からしないでくれるとありがたいことではあるが。

「斗和君はああいう子が好みなんですか？」

ジッと染谷と上坂を見ていたせいか絢奈がそんなことを言ってきた。

彼女の瞳から僅かな嫉妬のようなものを感じたのは俺の気のせいか、はたまた本当にそうなのかは分からないが絢奈はすぐにクスッと笑った。

「なんて、冗談です。斗和君の好みなんてずっと昔から把握していますから私は♪」

ニコッと微笑んだその表情からスッと視線を逸《そ》らした。

それは単に絢奈の笑顔を直視出来なかったのもあったが、斗和ではなく俺自身の好みを見透かされた気もしたからだ。

(確かに俺は絢奈みたいな清楚《せいそ》系が大好きではあるけどさ……更に欲を言わせてもらえばそんな清楚な子がちょっと愛が重かったり、後はエッチだったり……)

そんなことを考えていると自然と視線そのものが絢奈に向くあたり……俺って単純だなと思ってしまう。

「ちなみになんですが」

「うん?」

「私があの子みたいに所謂《いわゆる》ギャル？　のような恰好《かっこう》をしたらどうしますか？」

その言葉は俺の中に大きな衝撃をもたらし、背後に雷が落ちたような錯覚を芽生えさせることとなった。

確かに俺の記憶の中には絢奈のような清楚系美少女がギャル化するというあっち系の話

も数多く保存されているため、今の彼女のビジュアルを基にしてあまりにも分かりやすいギャル化絢奈が脳裏に浮かんだ……しかし、確かにエッチで全然いいなとは思いつつも似合わないなという感想が一番だった。

「いや……絢奈はそのままがいいかな」

「ふふ、分かりました♪」

やっぱりこの返事も絢奈は分かっていたんだろうなと、俺は彼女の笑った顔を見てそう思うのだった。

（……それにしても）

改めて俺は染谷たちを見て思ったのが、ゲームで修が語った嫉妬で絡んできた相手というのは彼らのことを指しているのかということだ。

ゲームをプレイしていた段階だと修に絡んだクラスメイトはモブ扱いのようなものなので名前も当然明らかにはなっていないし、どんな見た目をしているかも説明はされていなかった。

（そもそも今から一年後だしクラスも違うからな……現時点でそのことを考えても仕方ないか）

俺はそう考えて思考を一旦リセットした。

近くに居るのに考え事をしないでくださいと、そう視線で訴えてくるお姫様が隣に居るので今はそっちに時間を使うことにしようか。

▽▼

それからあっという間に放課後になり、俺たちは三人揃《そろ》って街中に繰り出していた。

「取り敢《あ》えず五時前くらいまではいいの？」

「そうですね。そこまでは遊びましょうか」

もう四時前なのでタイムリミットはかなり近いが、それでも修にとっては絢奈と一緒に過ごせるだけで嬉《うれ》しいのだろう。

絢奈に用事がないことを知っている身としては修のことを可哀《かわい》そうだとは思いつつ、絢奈にもそんな日があっていいじゃないかとも考えていた。

「じゃあ早速どっか行こうぜ修」

「うん」

時間が限られているのであればとっとと三人での時間を楽しもう。

とはいってもやっぱり一時間程度しかないとなると出来ることは限られてしまい、三人でただ駄弁《だべ》りながら歩くだけになってしまった。

（……でもこんなことでもあいつ嬉しそうにしてんだよな）

それでも修はとにかく嬉しそうだった。

俺を誘う必要はなかったんじゃないかってくらいに絢奈と話をする修だが、まあきっと今までも斗和はこんな風に二人を見ていたんだろうな。

「あ、アイス売ってるじゃん」

歩いている途中にアイスの移動販売車を見つけ俺たちは近づいた。

三人それぞれ別の味のアイスを買い、近くのベンチに座ってのんびりと食べて残りの時間を過ごすことに。

俺はチョコ、修はミント、絢奈はバニラのアイスをそれぞれ楽しんでいるとあらっと絢奈が修に目を向けた。

「？　……ぷふっ」

当然俺も修に目を向けたのだが、つい彼の顔を見て噴き出してしまった。

どうしたのかとこちらに視線を向けている修の鼻の下に、まるで緑色の髭《ひげ》が生えたかのようにアイスが付いていたのだ。

「修君、ちょっと動かないでください」

絢奈はポケットからハンカチを取り出し修の鼻の下に手を当てた。

「はい。大丈夫ですよ」

「……ありがとう」

絢奈の行動で修もアイスが付いてしまっていたことに気付いたらしく、恥ずかしそうに下を向きながら礼を言っていた。

それだけでなく至近距離まで絢奈の顔が近づいたことに対する照れもあったようだが、まだ修にはそれくらいでも刺激が強いらしい。

「ちょ、ちょっと別のも見てくるよ！」

「あ、修君……」

たまらず修は立ち上がって行ってしまった。

その背中をジッと見つめていた絢奈はゆっくりとこちらに振り向き、まるで修が居なくなったことを待ち望んでいたかのように深い笑みを浮かべた。

「斗和君……ってあら」

「どうした？」

さっきの修に向けたような視線を俺にも向けてきた。

「え？　うん」

まさか俺も気付かないうちにクリームが口元に付いたのか？　そう思って手で拭こうとしたのだが絢奈が待ったをかけた。

「待ってください」

「お、おう……」

ゆっくりと近づいてきた絢奈は俺に顔を近づけ、そのままペロッと舌で俺の頬《ほお》を舐《な》めた。

「クリームが付いてましたよ、斗和君♪」

おそらく嘘《うそ》ではないと思うけど、まさか普通に修のクリームを拭き取った後にこんなことをされるとは思わなかった。

ニコッと微笑《ほほえ》む絢奈を前に俺はもちろん照れてしまうのだが、先ほど頬に触れた絢奈の舌のザラッとした感触はバッチリと残っている。

（……良かった。修には見られてないな）

チラッと修を見たが彼はまだ次のアイスを選ぶのに夢中だった。

今のを見られていたら修になんて言われるだろうか、それを少し不安には思うもののどこか修に対して優越感のようなものも僅かに抱いてしまったことに俺は自分のことを嫌な奴《やつ》だなと思う。

「っ……絢奈、いきなりそういうのは――」

「うふふ♪　いきなりじゃなかったらいいんですか？」

「いやそれは……」

さっきのように再び顔を近づけてきた絢奈はとても色っぽい表情をしている。

その顔を、唇をジッと見ていたらこちらの方が吸い込まれてしまいそうなほどに絢奈から俺は視線を逸らすことが出来ない。

（くそっ……なんだこの感覚……どうしてこんなに絢奈が……っ！）

絢奈が欲しいんだと、何かがずっと頭の中で囁《ささや》いているようだった。

これ以上絢奈と見つめ合っていたら自分でもどうなったか分からないと思ったそんな時、修がようやく戻ってきた。

「ごめんごめん。もう一つ買ってきちゃった」

「……そうですか。あまり食べすぎると太りますよ？」

それはあまりにも抑揚のない声だったように俺には聞こえた。

とはいえ修が戻ってきてくれたことが残念なのか助かったのか、そんなよく分からない気持ちの中で俺は自分を落ち着けようと思い近くのトイレに向かった。

「……ふぅ」

息を吐く暇もないとはこのことかもしれない。

昨日の今日で絢奈に関することで色々なことが起きすぎている……数日くらいはベッドの上で何も考えずにゴロゴロしたいなんてことも考えてしまう。

それだけ分からないことと衝撃的なことが怒涛《どとう》の勢いで俺に襲いかかってきている現状なわけだ。

「……けど、やっぱり絢奈のことが大切だと感じている」

鏡に映る俺、つまり斗和に向かって俺は語りかけた。

「なあ斗和、どうして俺はこの世界に来たんだ？　どうして俺はお前になってここに居る？　俺に一体何を求めているんだ？」

そう言って手を伸ばし鏡に触れたが当然のように返答はない。

俺はしばらく鏡を見つめた後に何をしてるんだとため息を一つ吐き、その後二人のもとに戻ったのだがどうやら面倒なことになっているようだ。

「なあなあ、こんな見るからに地味な奴より俺と遊ぼうぜ？」

見るからに質《たち》の悪そうなナンパだった。

おそらく大学生くらいの男は修を見下すようにしながら、絢奈に向かっていやらしい視線を向けている。

「おい、何見てんだ？」

「っ……」

男に凄《すご》まれ修は下を向いて一歩退いた。

修が絢奈よりも後ろに下がった……それはつまり、男に逆らうことを止《や》め絢奈を渡すことを認めたのと同じだ。

「……何してんだよあいつ」

いや、あの場を離れた俺が文句を言える立場ではない。

それに修は喧嘩《けんか》をするような人間ではなく、そこまで気が強いわけでもないので自分よりも大きな体格の男に立ち向かえないことも分かっている。

それでも俺は修には立ち向かってほしかった。絢奈を守るために無様でも必死に声を上げてほしかった。

「ちっ……」

俺は舌打ちをしてからすぐ二人のもとに駆け寄った。

ちょうど男が絢奈の肩に手を置こうとしたところで俺はその手を掴《つか》んだ。

「そこまでにしとけ」

「あ〜ん？」

「斗和君！」

「斗和……」

突然現れた俺に男は機嫌が悪そうに目を向けてきた。

機嫌が悪いのはこっちだし、何より絢奈に手を出そうとしたことが俺には許せなかった。

……絢奈は渡さない、そんな気持ちが前面に出るかのように俺は思いっきり男を睨《にら》みつけた。

「っ……んだよてめえ」

男は怖気《おじけ》づいたように俺の手を振り払い、そのまま唾を吐くようにして俺たちに背を向けた。

殴り合いにでもなったらどうしようかと思ったのも確かなので、素直に相手が引いてくれて助かった。

「ほら、大丈夫か？」

「う、うん……」

修に声をかけると彼は安心した様子で頷いた。

その間に絢奈から妙に熱い視線を感じたようにも思ったが、今はただ修に言わないといけないことがあった。

「つい離れた俺が言えることじゃないけど、なあ修——なんで一歩退いたんだ？」

「それは……助けを呼ぼうとしたんだよ！　そう、そうなんだ!!」

「……そうか、まあそれも悪くない。でもお前があの場を離れたら絢奈が連れていかれたかもしれないし、少しの間怖い思いをさせたかもしれないだろ？」

「そんなの分からないだろ……結局斗和が助けたんだし」

……そうだな、お前が退いたから俺が助けたんだよ。

また朝のように空気が悪くなることだけは避けようと思い、俺も修に苦言を呈するのはそこまでにしておいた。

まあそれでも若干嫌な空気にはなったのだが、ちょうど五時前ということで俺たちは解散することになった。

「これで今日は解散だな」

「うん……」

「そうですね」

背を向けてそそくさと歩いていく修を見るとやっぱり言いすぎたかなと俺は少し反省した。

そんな修の背中を見て苦笑するように俺は絢奈と顔を見合わせた。

さて、ここからは絢奈が修に嘘を吐いた時間帯になるわけだけどどうするのか俺は気になった。

「これからどうするんだ？」

「実を言うと考えてないです♪」

「……嬉《うれ》しそうに言うんじゃないよ」

ピタッと隣に引っ付いた絢奈に呆《あき》れた俺だったが、修があんな風になって場の空気が少し嫌なモノになったのに変わりはない。

本当のことを知っている俺がそれを嫌に思うのも変な話だけど、どこかに寄って気分を変えたいと俺は思い絢奈に提案した。

「なあ絢奈、もしよかったらもう少し一緒に――」

「はい。斗和君と一緒に居ますよ♪」

「……あはは、分かった」

ということで、もうしばらく絢奈と一緒に過ごすことが決まった。

そうは言ってももう五時を過ぎている。そこまで遅くまで過ごすつもりはないため、適当に時間を潰そうかと思っていたのだが……どうしてここに来たんだろう。

「うわぁ……相変わらず賑やかですねここは」

「相変わらず？」

絢奈の言葉に首を傾《かし》げたものの、俺と絢奈が向かった先はゲーセンだった。

女の子を連れていく場所としてはどうなんだという話だが、不思議と通りかかったこの場所が目に留まったのである。

「斗和君、ちょっと遊びましょうよ」

「お、おう」

思った以上にノリノリな様子の絢奈に手を引かれ、俺たちは何か二人で楽しめそうなものがないかと調べていくとホッケーゲームがあった。

「これでもやってみるか？」

「やりましょう」

お互いに台を挟んで始まった戦いだが……えっと、俺の圧勝だった。

途中でつい力を抜いてワザと勝たせようかと思う程度に絢奈は弱く、いや弱いというよりはこういうのが苦手そうな印象だった。

「負けちゃいましたぁ……」

しょんぼりとした様子だが決して不貞腐《ふてくさ》れたりするわけでもなく、本当に俺と一緒に居るのが楽しそうに彼女はすぐに笑みを浮かべてくれた。

その笑顔を眺めていると本当に俺自身も自然と頬が緩んでくるし、せっかくだから今を目いっぱい楽しもうという気にもなってくる。

「あ、斗和君あれはどうですか？」

「やりますかぁ！」

　絢奈が指を向けたのは太鼓をリズム良く叩《たた》いてどれだけ高い点数を取れるかというゲームだったわけだが、意外とああいうのは得意だったりするのか？

　バチを両手に自信満々の絢奈の様子に、これは俺も気合を入れないといけないなと思ってゲームに臨み……そしてまた絢奈に圧倒的大差を付けて勝利した。

「これも負けちゃったぁ……」

「…………」

　悲報、絢奈さんこういったゲーム関連はかなり弱いことが発覚した。

　再びしょんぼりとしてしまったものの、やっぱりすぐに笑みを浮かべて次のゲームを探していく。

（……まるでこの場所が凄く大切っていうか、思い出深い場所のように思えるな）

　それがここに来てから絢奈のことを見ていて思ったことだ。

　修と一緒に来たのかと思ったけどどうもそうではないようで……何だろうか、俺自身が何かをこの場所に感じている気がする。

「次はあれをやろうよ斗和君！」

「おう……うん？」

「？　どうしましたか？」

「……いや」

今一瞬、絢奈から敬語が抜けなかったか？

別に敬語が一瞬抜けるくらいのことは大した出来事ではないはずなのに、俺はどうしてかとても懐かしく感じたのだ。

今の俺にとって明確に昔の記憶は存在しないはずなのに……それなのにどうしてこんなにこの一瞬に懐かしさを強く感じたんだ？

「斗和君？」

『斗和君？』

「っ!?」

俺を見つめる絢奈のすぐ隣に別の女の子が見えた気がした。

まるで今の絢奈をそのまま小さくしたような……それこそ、写真で見た昔の絢奈にそっくりな女の子が並んでいた気がしたのである。

「……？」

しかし、当然ながらそれは俺の目の錯覚だったらしい。

次の瞬間にその女の子の姿も消えており、俺の目の前にはどうしたのかと首を傾げる絢奈の姿があるだけだ。

「……いや、何でもない。なあ絢奈」

「はい」

「凄く……楽しいな」

「はい!!」

女の子と二人でゲーセンに来るなんてそうそうないことだ……それこそ前世でもこんな経験は一度もなかった。

別にこれを機に何度も来ようなどと単純に思うことはないのだが、それでも絢奈が傍に居てくれることでこの瞬間が楽しいものになっているのは言うまでもない。

その後も絢奈と色んなゲームを楽しんでいると時刻は六時に近づいた。

満足した様子で絢奈がちょっとトイレに行くと言って離れて行った時、手持ち無沙汰になった俺の視界の端に映ったのはクレーンゲームだった。

「やっぱりこんなのもあるんだな」

色んな景品が掛けられているものの、俺の目に留まったのは何とも言えない不細工な顔をしたカエルのキーホルダーだった。

「……くくっ」

まるで助けてくれ、ここから出してくれと言っているようなその顔についつい俺は財布から小銭を取り出していた。

「待ってろよ。すぐにそこから助けてやるからさ」

簡単に景品を取れないのがクレーンゲームというものだが、意外にも一発であっさり取ることが出来た。

でもこいつを取ったからってどうすればいいんだろうか。別に鞄《かばん》に付けたりすることもしないし……そんなことを考えているとちょうど絢奈が戻ってきたので、俺はどんな反応をするかと思って絢奈にキーホルダーを差し出した。

「なあ絢奈、今クレーンゲームやったら取れたんだけど要らない？」

「え？　あ、キーホルダーですか？」

まあ要らないだろうな、そう思っていたが絢奈はキーホルダーを見て嬉しそうに頬《ほお》を緩ませた。

「可愛《かわい》い！　いいんですか？」

「え？　あ、あぁ……」

これが可愛いの？　そんな疑問を抱いた俺の手からスッと絢奈はキーホルダーを取った。

「……ふふ♪　不細工な顔ですねこの子も。でも可愛いです。ありがとうございます斗和君」

キーホルダーを胸に抱く絢奈の姿にそこまで嬉しかったのかと驚く半面、何故《なぜ》かその絢奈の姿がどこかまた懐かしいなとも感じていた。

「……あ」

懐かしいと感じたその一瞬、また絢奈のすぐ隣に小さな絢奈が見えた気がした。

結局すぐにやはり目の錯覚だったかのように居なくなってしまったが、絢奈と一緒に遊んだこの場所に特別な何かを感じたのも事実……そう頻繁に絢奈を連れてこようとまでは思わないが、それでもこの空気をまた感じたいので時間があれば一人でひょこっと訪れるのも悪くなさそうだ。

「……お、あれは」

俺が目にしたのはプリクラだった。

基本的にこういったゲーセンには決まって置かれているものだけど、前世を含めて俺にとってはそこそこ無縁だったものだ。

「撮りましょう斗和君」

ジッと見つめていたら気付かれるのが定め、俺の返事を聞くよりも早く絢奈に手を引かれてしまった。

そのまま中に入ったのだが、まるで手馴《てな》れているように絢奈は操作していく。

「手馴れてるな？」

「友達とよく来るんですよ。目を極端に大きくしたりする加工が好きな子なんですけど、いっつも妖怪みたいになっちゃうんです」

「へぇ」

その時のことを思い出しているのか絢奈は楽しげだった。

確かにこういったものには加工が付き物だけど、絢奈のような美少女であっても妖怪みたいになってしまうのか……それはそれで気になるな。

「気になりますか？　見せてあげますね」

絢奈は鞄に手を入れて小さなメモ帳を取り出した。

その表紙を捲《めく》るとすぐに例の写真が俺を出迎えてくれたわけだが、確かに妖怪と言われても納得してしまうほどの顔だった。

ただジッと見ているとクセになりそうな顔でもあったので、元気のない時にこれを見たら自然と笑顔になれそうだ。

「よし、準備は整いました。斗和君は隣に立ってください」

「おうよ」

それから加工の類《たぐい》は可能な限りすることなく、俺と絢奈もありのままの姿で何枚か写真を撮った。

「これでまた一つ思い出が増えましたね？」

「そうだな。これがプリクラの写真かぁ」

写真の一枚一枚は小さくとも、そこには決して小さくはない思い出が形となって残り続けることになる。

たぶんこいつはどこかに貼ることはせずにそのまま保管することになりそうだなと俺は笑った。

「……って大分遅くなったな」

「あ、本当ですね……」

さっき確認した時は六時だったのだが、当然更に時間はかなり進んでしまっていたので俺と絢奈はすぐにゲーセンを出た。

「……あのおじさん、もう居ないのでしょうか」

「どうした？」

「いえ、何でもありません」

少しゲーセンの方を眺めていた絢奈だったが、すぐに俺の隣に並んだ。

これで修に伝えた買い物をする時間というのは十分に稼げたと思うけど、やっぱり修に申し訳ないと思うと同時に絢奈と秘密の時間を共有しているようでどこか心は浮ついていた。

当たり前のように手を繋《つな》いできた彼女の手を握りしめながら帰り道を歩く……その途中でのことだった。

ポケットに入れていたスマホが震え、一旦絢奈に手を離してもらってスマホを手にすると母さんからの電話だった。

「母さん？」

『もしもし、斗和？　ちょっと仕事が長引きそうなのよ。悪いけど夕飯はどこかで食べるか自分で作ってくれる？』

「え？　あぁ分かった」

『ごめんね？　でも今日中には帰れるから遅くなっても心配しないで』

「分かったよ。頑張ってくれ母さん」

『あ……ふふ、息子にそう言われて頑張れない母親は居ないわよ。それじゃあね♪』

そこで電話は切れた。

やっぱり母さんは色々とパワフルだなと思いつつ、そうなると夕飯はどうしようかと頭を悩ませることになりそうだ。

「ちなみに絢奈は今の電話だけど聴こえてた？」

「はい。バッチリと聴こえてました」

「だよなぁ」

こんなに近くに居たら音は漏れてるか。

だからなのか、絢奈は胸を張るようにしてこんな提案をするのだった。

「斗和君、これからそちらに行ってもいいですか？　明美《あけみ》さんが帰ってこないのなら私がお夕飯を作ってあげます。明美さんの分の作り置きも出来ますし」

「え？」

それはとてもありがたい提案だった。

俺はしばらく考えたが絢奈の提案に頷《うなず》くことにした。

「それじゃあ早速行きましょうよ斗和君♪」

「お、おう……」

今日一番のノリノリな絢奈に手を引かれながら、俺は自分の家に連れていかれるという奇妙な経験をすることになったわけだが……ちょっと早まったかなと思いつつも、やはり彼女の笑顔に俺はやっぱり弱いようだった。

5章

結局、あれから絢奈《あやな》と真《ま》っ直《す》ぐ家に帰ってきた。

五時を過ぎるとすぐに暗くなってしまう季節なので、近くに人の目が一切ないと分かればすぐに絢奈はすぐに俺と腕を組むようにして身を寄せてきた。

チラッと彼女を見れば頬を赤く染めて嬉《うれ》しそうに微笑んでくれるものだから、やっぱり俺は何も言えずにただただ彼女の温《ぬく》もりを受け入れていた。

「修《しゅう》に悪い気がするよ。こうして絢奈を連れてきたから」

「気にしないでください。修君の傍には初音《はつね》さんと琴音《ことね》ちゃんが居ますから」

「どうぞ」

「お邪魔します」

確かに修の家族はみんなあいつのことを溺愛しているし、それこそ家に居る間に寂しい気持ちになることはまずないだろう。

（あいつが求めているのは誰よりも絢奈なんだろうけどな）

それが分かっているからこそ修に悪いと口にしたわけだ。

でもあいつに悪いと思ったのは本当だけど、その気持ちもさっきのことを思い返せばすぐになくなってしまう。

もしもあの場に俺が居なかったとしたら、もしも絢奈が連れていかれてしまっていたらと考えると胸が張り裂けそうになる。

「斗和《とわ》君」

そんな最悪な想像をしていたことはどうやら絢奈には筒抜けだったようだ。

彼女は柔らかな表情を浮かべて俺を見つめていた。

「私は大丈夫ですよ。斗和君が思っている以上に私って結構やる子なんです！　あんな男くらいけちょんけちょんにしてやりますよ！」

「……あはは、そっか」

シュッシュとシャドーボクシングの真似事《まねごと》をする彼女の姿はとても可愛かった。

たとえ絢奈が本当にああいう男を撃退出来るほどの強さを持っていたとしても、俺が彼女を守ろうとするのは変わらない……きっとどんな彼女でも俺は助けるために動くと思うのだ。

「さてと、それじゃあ美味《おい》しいお料理を作りますね！」

「お願いするよ。何か手伝うことは――」

「斗和君はゆっくりしていてください。お任せあれってやつですよ」

「……そうか」

個人的にこういう時って困るんだよな。

俺は絢奈のように料理が出来るわけでもないので、逆に手伝わない方が変に手を煩わせる必要がないというのもあるだろう。

それでも同級生であり、しかも幼《おさな》馴染《なじみ》のように親しい女の子に一人台所に立たせるというのはどうも気が引ける。

「今日はそうですね……白身魚のフライやサラダでも作りましょうか。お味噌汁《みそしる》も用意してっと――」

ここは俺の家の台所、だというのに絢奈はどこに何があるのか全てを把握しているようにテキパキと作業を進めていく。

まるで母さんがもう一人居ると錯覚してしまうほどだが、やはり絢奈はそれなりの回数、斗和の家に来ているということなんだろうな。

「……手伝えないなこれは」

また一つ湧いた疑問について考えていたわけだが、絢奈の動きを見ていると彼女に全部任せた方が万事上手《うま》くいく気がしてきた。

鼻歌交じりに本格的に調理を開始した絢奈の姿に苦笑しつつ、俺も自分に出来ることをするため動き出すことにしよう。

「料理の方は任せる……でも本当に何か手伝うことがあったら言ってくれ。俺は風呂の掃除とかしてくるよ」

「分かりました。ふふ、本当に斗和君は優しいんですから」

「手伝おうとすることくらい普通だって」

そう、それくらいは別に普通のことだと思っている。

台所から風呂場に向かい掃除を開始したわけだが、一応この役割は母さんが居る時も俺が担当している。

いつも美味しい料理を作ってくれることへの感謝を表すには程遠いが、それでも少しでも母さんに楽をしてもらいたいという気持ちは嘘《うそ》じゃない。

「もしもこの気持ちさえも斗和が持つ感情の一つだとするなら、斗和はどれだけ母さんのことを大切に思ってるんだろうな……いつか聞いてみたい気もするよ」

その時はきっと、この体になったことを謝る必要もありそうだが。

「……っと、掃除掃除！」

センチメンタルな気分になりそうだった自分に活を入れるように声を出し、そこからはほとんど無心で風呂掃除を終えた。

リビングに戻ると当然まだまだ完成には程遠そうだが僅かに美味しそうな香りが漂っていた。

「いい匂いだなぁ……」

「あ、お掃除は終わったんですか？」

「あぁ。お湯を入れてる最中だ」

後でまた湯が溜《た》まったところで見に行けば良いだろう。

俺はさり気なく絢奈と一緒に台所に立とうとしたのだが、やっぱり彼女は大丈夫だからゆっくりしていてほしいと言ってきた。

「ふふ♪　そんな顔をしないでください。あれですよ？　私の愛を込めた料理を斗和君にしっかり味わってほしいんです。だからそういうことで我慢してください」

「……分かった」

俺は渋々ではあったが絢奈の言葉に従うようにソファに腰を下ろした。

それから料理が出来るまで俺は絢奈が料理をしている姿を眺めながら、さっきの言葉が気になってつい声をかけてしまった。

「なあ絢奈」

「何ですか？」

「…………」

俺と絢奈は一体どんな関係なんだと、そう聞きそうになって言葉を飲み込んだ。

絢奈は首を傾《かし》げて俺を見つめ続けているが、俺は何でもないと首を振ると絢奈もそうですかと言って料理に戻った。

そしてしばらく時間が過ぎ、絢奈の料理が完成した。

「……おぉ！」

「さあ召し上がれ♪」

ホッカホカの白米に白身魚のフライと唐揚げ、サラダと味噌汁というある意味ありふれた献立だが、そこに込められた想《おも》いはとても伝わってきている。

早く食べてほしい、そんな表情の絢奈に見つめられながら俺は手を合わせた。

「いただきます」

唐揚げを箸で摑《つか》み、口の中に入れてから俺は本当に手が止まらなかった。

絢奈に微笑《ほほえ》ましく見つめられているのを感じながら、次から次へと口の中に料理を放り込んでいく。

もちろん一口一口しっかりと味わいながら絢奈への感謝を忘れずに。

「美味しいですか？」

「あぁ。本当に美味しいよ」

もっと気の利いた感想が言えればいいんだが、どうも今の俺に語彙力を期待されても困ってしまう。

美味しい、本当に美味しいと感じながら食べていると絢奈が俺にこのような質問をしてきた。

「明美《あけみ》さんが作ってくれる料理とどっちが美味しいですか？」

「……え？」

「必ずどちらかを答えてください。同じくらいとかはダメですよ～？」

「…………」

なんて意地の悪い質問をしやがると俺は動きを止めた。

母さんの料理も絢奈の料理もどちらが上かだなんて比べることが出来ないほどに美味しいのは当たり前だ……でも絢奈はその選択肢を潰してきた。

ニコニコと笑いながら回答を待つ絢奈に俺は勘弁してくれと息を吐いた。

「ごめんなさい斗和君。ちょっと意地が悪かったですね」

「ちょっとどころじゃねえよ……」

「あはは、可愛《かわい》いですよ斗和君♪」

本当にちょっとどころではなかったので、俺は絢奈を恨めしそうに睨《にら》んだが彼女は変わらず笑顔のままだ。

「……はぁ」

そんな笑顔を見ているとやっぱり俺も絢奈に対する文句が出てくることはなく、そんな彼女も可愛いなと思って笑ってしまった。

そんな風に楽しい時間を絢奈と過ごしながら夕食を終え、母さんの分の夕飯を冷蔵庫に入れ、俺は絢奈と一緒に食器を洗っていた。

「こんな日がずっと続けばいいんですけど」

「そうだなぁ……俺としては毎日最高の料理を食べれるわけか」

「いつでも作りますよ。私と斗和君、そして明美さんとでずっと……」

「…………」

本当にそう願っていると言わんばかりに絢奈はしみじみと呟《つぶや》いた。

そこには修を含めあいつの家族だけでなく、絢奈の母親すらも居ない世界のことを彼女は言っているのだろうか。

　そんな絢奈のことが気になりジッと見つめていたその時、俺のスマホが誰かからの着信を知らせた。

「おっと、ちょっと出てくるな」

「はい。明美さんですかね」

「かもしれん」

　もしかしたら思ったよりももっと遅くなるかもしれないという連絡か？　手を拭いてスマホを手に取ると、そこに表示されていたのは修の名前だった。

「……修？」

「修君ですか？」

　一体何の用だと思いながら俺は電話に出た。

「もしもし？」

『もしもし、こんばんは斗和』

「おう」

　電話の向こうの修はいつも通りの様子で、やっぱり放課後にあったことはもうあまり気にしていないのだろう。

あの時の弱々しい修を思い出すとモヤモヤしてしまうが、決して態度に出さないことを心掛けつつ修の言葉を待った。

『絢奈がまだ帰ってきてないみたいでさ。買い物の帰りに友達に会って夕飯に誘われたから一緒に食べるって母さんが聞いたらしいんだけど』

「あぁ」

なるほど、絢奈はそう伝えていたのか。

この様子だと絢奈が俺と一緒に、というのは家族に伝えておらず修もそれを分かっていないようだけど……なんでそれで俺に電話をかけてきたんだ？

『まさかとは思うけど……絢奈と一緒に居ないよね？』

「あぁ。残念ながら居ないな」

俺は考えるよりも先にそう返答していた。

電話の向こう側でホッとため息を吐《つ》いた様子が伝わってきたのだが、反対に俺は少し気分が良かった。

そんな自分を嫌な奴《やつ》だなと思いつつ、修の用事はそれが聞きたかっただけらしく、すぐに電話は切れた。

「私のことでしたか？」

「まあな。居ないって言ったら安心してたよ」

「あら♪」

絢奈は口元に手を当てて雰囲気を変えた。

ちょうど食器も全て洗い終えたことで手を拭いた彼女はゆっくりと俺のもとに近づいてそのまま抱き着いてきた。

俺の胸元に顔を埋《うず》めながら匂いを嗅ぎ俺を見上げた。

「言っても良かったのに。今私は斗和君の傍で独占されているって♪」

「……言えるわけないだろ」

本当にどこまで本気なんだろうか、絢奈は。

見上げてくる絢奈をジッと見つめていると、やはり段々と状況に流されてしまえと誰かが脳内で囁《ささや》くかのようだ。

俺は何とかその誘惑のようなものを払《はら》い除《の》けるようにそっと絢奈の肩に手を置き、体を離した。

「……むぅ」

見るからに不満そうな顔をした絢奈に気付かないフリをして俺は小さく息を吐く。

さっきも言ったが絢奈と二人っきりになった時、頭の中で誰かが囁いたような気がするのだ――絢奈を奪えと。

「…………」

チラッと絢奈の顔を盗み見た。

俺が今まで見たことがないほどに整った美貌を持ち、豊満なスタイルで情欲を誘ってくる彼女、おまけに性格も良くとても優しい子で本当に素敵な女の子だ。

そんな女の子が何故《なぜ》かは分からないがこうしてアピールしてくるのだから好きにしてしまおうかとも考えてしまう。

（……でもそう出来ないのはきっと――）

俺が彼女をそこに生きる一人の人間、意志を持った俺と全く同じ存在だと考えているから……もちろんこれは当たり前のことではあるのだが。

「……よし、取り敢《あ》えず今日はありがとう絢奈」

「あ、いえいえ。私の方こそ斗和君と一緒に居られて良かったです♪」

その言葉にまた心が喜んだ。

その後、絢奈を送るために俺は彼女と一緒に外に出た。

「ちょっと寒いですね」

「夜だからな。これが夏に近づけば段々と暖かくなるんだろうけど」

俺は寒いと言った絢奈の手をほぼ反射的に握りしめていた。

「寒いって言ったからな」

目を丸くした絢奈は握りしめられた手をしばらく見つめた後、ギュッと強く握り返してきた。

そのまま二人で暗い道を歩き、絢奈の家が見えたところで別れることに。

「それじゃあ斗和君。また明日です」

「あぁ。また明日」

背を向けた彼女に手を伸ばしそうになる。

どれだけ彼女を求めるんだよと自分の体に文句を言いたくなるが、きっと俺自身もこの僅かな期間で絢奈に惹《ひ》かれていることは明白だろう。

修と絢奈が結ばれるハッピーエンドを手繰り寄せてやる……なんてことを意気揚々と言っていたくせに。

「斗和君」

「え？」

背を向けて歩き始めたはずの絢奈の声がすぐ近くで聞こえた。

チュッとリップ音を立てるように、絢奈が俺の唇に自らの唇を重ねていた。

「えへへ、今日お夕飯を作ったお礼をしてもらったということで♪」

悪戯《いたずら》っぽく微笑《ほほえ》んだ彼女はそのままササッと家まで走っていった。

その背中を見送った俺は呆然《ぼうぜん》としたように自らの唇に触れ、先ほどの感触が嘘《うそ》ではなかったことを実感した。

「参ったな……心臓がうるさい」

胸に手を当てるとうるさいほどに鼓動していた。

これは今日、ちゃんと眠ることが出来るだろうか、そんな悩みを抱えながら俺は家に帰るのだった。

▽▼

絢奈とキスをした、それは強く俺の記憶に刻まれることになった。

翌日になり緊張で絢奈と目を合わせられないのではないか、そんなことを考えていたが全くもってそんなことはなかった。

いつものように修と絢奈と合流して学校に向かったのだが、顔を合わせた絢奈が唇に手を当てて昨日のことを思い出させてくるような仕草もしてきた。

「……今週の俺、忙しすぎるだろどう考えても」

もう少し前から斗和としての自覚はあったが、本格的にこの世界と向き合おうと考えたのは今週からだった。

そんな俺に合わせるように絢奈も距離を詰めてくるし、同時に俺と絢奈以外にも隠された何かがあるのだと思い知った。

「……ほんと、考えすぎるのは悪い癖だ」

頭を振って一旦悩みを頭の外に追いやり、俺は目の前でこちらに顔を向けている相坂《あいさか》を見つめた。

清々《すがすが》しいほどの丸刈りを眺めていると不思議と気分が落ち着いてくる。

「相坂」

「なんだ？」

「お前の頭は癒《い》やしだなぁ」

「なんだよいきなり……」

つい手を伸ばして相坂の頭にポンポンと触れた。

丸刈り特有のザラザラとした感触だけど結構気持ちが良く、少しだけ乱暴気味に頭を撫《な》でてみたが相坂は決して怒ったりはしなかった。

向こうに座っている女子が目を輝かせてこっちを見ているのが少し気になる……変な想像はしないでくれよ。

あの子はBとLが合体したモノを嗜《たしな》む子なのかなと思いつつ、俺は相坂にこんなことを聞いてみた。

「相坂は好きな子とか居ないのか？」

「またいきなりだなおい！」

まあこういう恋バナも偶《たま》にはアリだろ。

相坂ってキャラがゲームに出てきた記憶はないものの、せっかくこうしてこの世界で出来た友達なのだからそれくらいは聞いても罰は当たらないはずだ。

俺の問いかけに相坂は見る見るうちに顔を赤くしたので、これは絶対に居るなと俺は確信した。

「ま、しつこく聞いたりはしないよ。で、誰なんだ？」

「言ってることがおかしいぞ？」

安心しろ分かってるから。

ジト目を向けてきた相坂に苦笑しつつ、気が向いたらいつか話してくれよと俺はその話題を終わらせた。

俺としてはそこで終わらせるつもりだったのだが、ヒントくらいは出してやると相坂が言ったので耳を傾ける。

「……同級生じゃない」

「へぇ。後輩か？」

「…………」

なるほど後輩らしい。

相坂の照れる姿というのは中々に新鮮なものがあり、もっと情報をくれと言いたくなるがここまでにしておこう。

相坂が後輩の誰を好きなのかは分からないが、せめてその恋が実ることを俺は願っている。

「ちとトイレ行ってくるわ」

「あいよ～」

相坂にそう声を掛けて俺はトイレに向かうのだった。

小さく息を吐きスッキリした様子でトイレを済ませた俺だったのだが、目の前に大きな段ボール箱を抱えて歩く伊織《いおり》を見つけた。

（生徒会で使う荷物か？　足元見えてないっぽいし手伝うか）

相変わらず伊織の纏《まと》う雰囲気は冷たさを感じさせる。

俺は修ではないしどんな風に思われているのかは分からないけど、絢奈の知り合いってことでちょっとは印象がいいことを祈るだけだな。

「会長」

「？　あら、雪代《ゆきしろ》君？」

やっぱり名前は知られているんだな。

まずはそのことに安心をした俺は伊織が持つ荷物に指を向けた。

「それ、持ちますよ。どこまで行くんですか？」

「別にいいわよこれくらい。確かに足元は見えないけどそこまで不憫《ふびん》じゃ――」

速攻でフラグを回収するかのように伊織は何もないのに足を引っ掛けて転げそうになったが、何とか彼女を支えるようにして倒れるのを防いだ。

大丈夫と言ってすぐに見せた間抜けな姿、どうやら伊織はそれを見られたことが恥ずかしいらしく頬《ほお》を赤らめていた。

(流石《さすが》ヒロインの一人。やっぱりこの人も凄《すご》く綺麗《きれい》な顔してるな)

凛々《りり》しくも冷たい雰囲気を併せ持ち、時にはこんな風に照れた表情を見せてくれるのもある意味伊織の魅力みたいなものだ。

ただ彼女の澄ました表情を見ると連想ゲームのように快楽に蕩《とろ》けた表情も想像出来るあたり、本当にあのゲームは業が深い。

「……悔しいけど、お願いできる？」

「了解です」

俺は伊織から荷物を受け取って歩き出した。

もちろん伊織も一緒に付いてくるので何か話をしようかと思っていた時、伊織が先に口を開いた。

「修君や音無《おとなし》さんにも聞いているけど、なるほどこういうところがあなたの好かれる部分なのかしら？」

修と絢奈からどんな風に聞いているかは分からないので、俺はさあ、と首を傾《かし》げておいた。

俺としては伊織と話をするのは初めてなのだが、この様子だと元々の斗和も伊織と話をしたことはなさそうだな。

「会長って修のことを結構気に入っていますよね？」

「えぇそうね」

「普段のあいつはどんな感じですか？」

それとなくの質問だったが伊織は答えてくれた。

冷たさを感じさせていた表情は鳴りを潜め、修のことを考えると楽しいのか綺麗な微笑《ほほえ》みを浮かべている。

「そうねぇ。何と言うか可愛《かわい》い子って印象かしら。頼りになる部分はあるけど、頼りにならない部分の方が大きいかも？」

「……それはどうなんです？」

「うふふ、さあどうかしらね。でも音無さんがきっかけで修君と出会うことになったけれど、今までに会ったことがないタイプの男の子だったから新鮮だったっていうのも大きいわね」

「へぇ」

絢奈がきっかけで伊織は修と出会った、これは既に分かっていたことだ。

伊織が後に修に明確な恋心を抱くことも知っているので、そう考えると本当に修の主人公補正のようなものは凄《すさ》まじいなと思わせられる。

「けど流石にずっと一緒に居る音無さんは強いわね。まだ先だけど進学先の大学は近くを選んで長期戦を覚悟しようかしら」

「……大学」

それで大学を選ぶのはどうなんだと思ったが、確かゲームが開始した時点での伊織は近くの大学生だった。

伊織は生徒会長をしていることからも分かるように人を纏《まと》めることに長《た》けており、更には成績もかなり良いのでもっと上の大学を狙えるはずだ……だというのに修が傍に居るからという理由でわざわざ近くの大学を選び、そしてあのような結果になった。

「それで大学を選ぶってのはどうなんですか？」

そう口にしてハッとした。

別に何も言うつもりはなかったが、つい魔が差してしまい彼女を見つめる形で俺はそう問いかけてしまった。

生意気な後輩だとか、あなたには関係ないだろうと言われることを予想したものの伊織はただ笑っていた。

「それもそうよね。いくら気に入っているからといって自分の将来の可能性を狭める必要もないことくらい……分かっているの。うん、やっぱり真剣にこういうことは考えてみるべきでしょうね」

「……あ」

そう言った伊織を見て俺はハッとするように声を漏らした。

あくまで今俺が生きているこの世界は、ゲームそのものではなく現実だということはよく分かっている。

だからこそ本来ならば進む道であったとしても、俺がこうやって干渉することでもしかしたら彼女たちの未来を変えることも可能なのか？

まだどう動き出せば良いのか答えは見つからず、分からないことだらけなのは変わらないが俺の声が彼女たちに届く……そのことが分かっただけでも大きい。

もちろん伊織が俺の言葉をどうでもいいと思っている可能性もあるし、言ってしまえば何かしらの修正力が働かないとも限らない……それでもどうにか出来るのではないかという希望を抱けたのはやっぱり大きかった。

「ありがとう雪代君」

「いえいえ、それじゃあ俺はこれで」

「ええ。本当にありがとう」

その後、無事に荷物を生徒会室に送り届けた。

伊織と別れて教室に戻ると相坂に遅かったなと声を掛けられ、そこでちょうど次の授業を担当する先生がやってきた。

惰性と言うと先生に失礼かもしれないが、そんな気持ちの中で授業を受けながら時間が過ぎていく。

「ここを佐々木《ささき》、解いてみろ」

「……分かりません」

「そうか。では音無」

「はい」

先生に指名され問題が解けなかった修の代わりに絢奈が黒板の前に立つ。

綺麗に答えをスラスラと書いていき、その答えは間違っていなかったらしく先生も満足そうに頷《うなず》いていた。

「流石だな音無、戻っていいぞ」

「ありがとうございます」

こうして見てみると本当に修と絢奈は対照的というイメージだ。

頼りにならない主人公と頼りになるヒロイン、それは漫画や小説の形ではよくあるものの現実だとこうも違いがあるんだなと明確に感じる。

「ふわぁ……」

眠たい、眠たいけど将来のために勉学を疎《おろそ》かにするわけにはいかない。

たとえこの体が俺のモノではないとしても、それでも今は俺が斗和なのだからそこはちゃんと責任を持つことが大切だと思っている。

そんな風に授業を受けていると、あっという間に時間は過ぎ放課後になった。

今日も修は放課後になった途端に現れた伊織に連れていかれてしまったが、その時に今日は先に帰って大丈夫と修に言われたので絢奈とすぐに帰ることに。

「今日はどこかに寄りますか？」

「いや、そのまま帰ろうと思うけど絢奈は何かあるか？」

「いいえ、斗和君と一緒なら何でもいいです」

そう言って絢奈は俺の腕を胸に抱いた。

(流されっぱなしだな俺は)

俺と絢奈の間に何かがあることはもう明白だ。

なのにそれを知りたいと思いつつ、俺が絢奈に対して明確なアクションを起こすことはない。

それはきっと今の状況に心地よさを感じているからだろう。

こうして絢奈と距離が近づく瞬間は修を含め周りに見知った顔が居ない時、そんな中で絢奈と過ごすことを俺もやっぱり嬉《うれ》しく感じているのだ。

「……なあ絢奈」

「なんですか？」

何でも言ってください、そう思わせる視線が俺を射抜いた。

もういっそのこと彼女と一緒に流されればいい、周りのことは気にせずに難しいことも考えず、ただただ与えられることを享受すればいいと何かが囁《ささや》く。

そうだな、それでもいいか……なんてことを考えそうになったその時だった。

「……え？」

「どうしまし……あ」

それは偶然目に入った光景だった。

今俺たちが歩いている場所は街中の歩道、近くの道路での車の動きは活発だ。

そんな中で一人の女の子が横断歩道のこちら側で向こう側に手を振っている。

（……なんだ？）

それはどこでも見られるような光景だ。

おそらくは友達だろうか、その集団に向かって手を振っている女の子から目を離せなかった。

それは一種の胸騒ぎだったようでそれは最悪の現実となった。

「おい！」

「危ない！」

絢奈とほぼ同時に声が出た。

まだ歩行者用の信号は赤だというのに女の子はそのまま向こう側に向かって歩き出してしまったのだ。

それを見た瞬間、俺は絢奈を置いて駆け出した。

「あ、待ってください斗和君!!」

絢奈の声は聞こえていたが俺は止まらなかった。

異変に周りにいた人たちも徐々に気付き始めたがもう遅く、女の子に向かって一台の車が走ってきた。

直後に鳴らされたクラクションの音に女の子はビクッとして動きを止めたが、決して避《よ》けることは出来なかった。

「っ……クソッタレが!!」

この時、俺は女の子を助けることで必死だった。

自分のことがどうなっても構わない、そんなことすらも考える暇もなく俺は女の子のもとになんとか間に合い、その小さな体を抱きしめた。

『修!!』

「っ⁉」

女の子を抱きしめた瞬間、不思議な光景が脳裏に映った。

呆然《ぼうぜん》とする修に腕を伸ばし、そして――。

「……っ」

鳴り響いたクラクションと急ブレーキの音、そして周りが騒然としていることだけは目を閉じていても感じ取ることが出来たが、今視《み》えたモノは何だったのかそれを考える余裕はなかった。

「だ、大丈夫かい⁉」

運転手の人は慌てたように車から降りてきて俺たちに声を掛けてきた。

怒鳴られるモノと思っていたけど、運転手の人はとても優しい人だったらしく状況も理解してもらえたようで心の底から俺たちのことを労わり安心していた。

一時は騒然となった現場だったが、全員が無事だったということで特に大事《おおごと》になることもなくそのまま人波は疎《まば》らになっていく。

「気を付けるんだよ？」

「う、うん……ありがとお兄ちゃん！」

「おう」

これでもし近くに親御さんが居たら大目玉だろうな、なんてことを俺は苦笑しながら考えていた。

「取り敢《あ》えず良かった。本当に」

何事もなくて良かったと、俺は安心して絢奈のもとに戻った。

しかし、俺はようやくここに来て事の重大さに気付くことになる。

「……絢奈？」

「斗和君……無事、ですよね？　怪我《けが》とかしてない……ですよね？」

大粒の涙を流しながら絢奈が俺に抱き着いてきたのだ。

確かに一歩間違えれば危ない状況だったので絢奈を心配させてしまったことは本当に申し訳ない。しかしハッキリ言って絢奈の状態は異常だった。

「生きてる……生きてます。怪我してない……もうあんな……あんなことは二度と嫌です……斗和君……斗和君斗和君斗和君！」

俺に抱き着き胸元に顔を埋《うず》めたままブツブツとずっと呟き続けている。

この場にずっと立ち止まっているわけにもいかないので、俺は絢奈の肩に手を置いて一旦離れてもらい歩き出した。

元々どこにも向かう予定はなかったので、取り敢えず絢奈を落ち着かせるためにすぐに俺の家に向かうことにした。それだけ様子がおかしかったからだ。

「…………」

腕に抱き着いたままの絢奈は何も話さず、下を向いていてその表情も窺《うかが》い知ることは出来なかった。

結局そのままの状態が続き、俺の家に着いて俺の部屋に入ったところでようやく絢奈は喋《しゃべ》れるほどに落ち着いたようだった。

「ごめんなさい。いきなりあんな風に泣いてしまって」

「いや、良いんだ全然。俺が絢奈に心配をかけたからあんな……」

あの女の子を助けたことが間違っているとは当然思っていない。

それでも絢奈がこうなってしまったのは俺が原因なのも分かっているし、何より俺は最低なことにあの時何も考えていなかった。

（……助けたことは立派だと思う。でも俺は自分のことを顧みなかった……こんなにも悲しんでくれる子の前で俺は――）

もしもあのまま車が止まらなかったら絢奈に最悪の瞬間を見せた可能性、そして何よりいつも俺のことを……斗和のことを考えてくれる母さんのこともひどく悲しませてしまうところだった。

「……本当にごめん」

いまだに体を震わせている絢奈を抱きしめると、彼女もまた安心を求めるかのように俺の背中に腕を回して抱き着いてきた。

（……あぁ、本当に落ち着くなこうしてると）

この世界に彼女しか、絢奈しか居ないのではとさえ感じる。

そんな心地よさを俺は感じていたが、同時に色々と気になる情報が出てきたのも確かだった。

（あの時視えたビジョン……修を助けようとした斗和の姿。そして絢奈が口にした言葉の意味は一体なんだ？）

それを静かに考えていると、胸元で声がした。

「……私、斗和君が居なくなるかもって思いました」

辛《つら》さを押し殺すようなその声に俺は耳を傾けた。

顔を上げた彼女の目元は赤く腫れており、目もとても充血してしまっていて自分がいかにこの子を悲しませたかがよく分かる。

絢奈は言葉を続けていく。

「私にとって斗和君は誰よりも大切なんです。ずっとずっと、言われるがままに生きていた私の手を取って色んなことを教えてくれた人なんです……大好きで大好きで、大好きでたまらない人なんですからっ!!」

「……絢奈」

大好きだと伝えられ、俺は絢奈を抱きしめる手に力が入った。

好意を伝えられたのは俺ではなく斗和、だというのにまるで自分がそう言われたかのようにに体が勝手に動いた。

まるで俺自身の魂と斗和の魂が重なるような感覚、最初から斗和だったのだと錯覚してしまうほどの何かが今俺の中に生まれた気がした。

それからしばらく絢奈を抱きしめ続けたわけだが、ようやく彼女はいつも通りの調子を取り戻して俺から離れた。

「ごめんなさい斗和君。でももう大丈夫です」

「そうか。それなら良かった」

反射的に絢奈の頭に手を伸ばして撫でた。

サラサラとした黒髪の感触がとても気持ち良く、ずっとこうして居たいとさえ思わせるほどに絢奈のことが愛《いと》おしく思えて仕方ない。

「……なんだか、こうしてると昔を思い出します」

「昔？」

「はい。その……あの時と今とでは全然状況が違うんですけど、泣いていた私を見つけて声を掛けてくれた斗和君とのことを思い出したんです」

そうして絢奈は話し始めた。

斗和と絢奈が出会った頃の話、それこそゲームでも一切触れられず、誰も知ることのなかったその時のことを、懐かしむように絢奈は俺に聞かせてくれたのだ。

6章

I Reincarnated As An Eroge Heroine Cuckold Man, But I Will Never Cuckold

私、音無絢奈《おとなしあやな》には幼い頃から一緒に過ごしていた幼馴染《おさななじみ》の男の子が居た。

その子の名前は佐々木修《ささきしゅう》君と言って、いつも私の後ろを付いて回ってくるような男の子だった。

母親同士が大変仲が良いということもあって、私と修君が仲良くなるのにそこまでの時間は必要なかった。

『絢奈ちゃん、一緒に遊ぼうよ！』

『うんいいよ』

後ろをちょろちょろと付いて回る修君を当時は可愛《かわい》いと思い、弟が居るとこんな感じなのかなと私は思っていた。

私と母、修君とその家族……そんな世界がとても狭いものだと私が気付き始めたのは意外にも早い小学生の時だった。

私自身修君の面倒を見るのは嫌ではなかったし、特に予定がなければそれが普通になっていたので気にすることもなかった——ただし、それがずっと続かなければ。

『どこに行くの？　ダメでしょ、今日はもう修君のお母さんに絢奈を行かせるって話をしているんだから』

『え？　でも友達と遊ぶ約束してるし……』

『それはまた次にしなさい。幼馴染の修君の方が大切でしょう？』

『でも……』

『分かった？』

『……はい』

何も予定がなかったからこそ私は友達と遊ぶ予定を立てていた。

でもそれをキャンセルして修君のもとに行きなさいと母に言われてしまい、結局私はその言いつけに逆らえなかった。

幸い友達は仕方ないねと笑ってくれたけど、私は本当に申し訳なさでいっぱいだった。

『……幼馴染って何なのかな？』

小学生でありながらそんな疑問を私は持ってしまった。

周りからも普通の子に比べて成長が早いとか色々なことを言われていたけど、自分でも今考えれば確かにそうかもしれないなって思った。

そしてここからだった……私が幼馴染という存在に疑問を感じたのは。

『絢奈は修君の幼馴染なんだから彼を優先しなさい』

『修君は良い子でしょう？　だから絢奈も仲良くするのよ』

何をするにも修君の家に行って過ごす日々、彼とその妹と過ごして自宅に戻り一日が終わる。

学校がある日は彼を起こしに家に向かい、一緒に並んで学校に向かう。

よくよく考えれば、これらは全て母にしなさいと言われたことを私が律儀に何も考えずにしていただけだ。

『絢奈ちゃんが居てくれて助かるわ。修のお嫁さんになってくれないかしら』

『絢奈お姉ちゃん、そうしようよ！　お兄ちゃんのお嫁さん！』

『ちょ、二人とも変なこと言わないでよ!!』

私の目の前で繰り広げられる彼らの団欒《だんらん》、そこに母も加わって楽しそうに未来図を語っていた光景を私はどこか冷めた気持ちで眺めていた。

『……私は』

何をするにも修君が、修君がと口にする母に嫌気が差した。

修君の面倒を見る私を見て彼の母と妹がどうでもいい持ち上げ方をして褒めてくるのも鬱陶しかった……そして何より、少し前まで可愛いなと思っていた修君のことさえも邪魔だと思い始めた。

そう、私は私の周りに居る彼らのことがみんな気持ち悪いなと考えるようになってしまったのだ。

『私って何なんだろう……私って何？』

私は何なの？　そう誰かに叫びたかった。

誰かに教えてほしかった……私は、音無絢奈という存在は一体何なのって誰でもいいから聞きたかった。

でも幼い私は内側に溜《た》め込むことしか出来なくて、いつしか私は彼らに対し仮面のような笑みを張り付けるようになった。

『絢奈ちゃんと一緒に居ると楽しいよ！』

『そっか。私もだよ』

『ねえねえ絢奈お姉ちゃん。私とも遊ぼ！』

『うん。何しようか』

『絢奈ちゃんはもう料理を習っているの？　凄《すご》いわね』

『ありがとうございます』

彼らと接する時、自分のことさえも他人のように考え始めると気持ちが楽になった。

私という個は存在せず、余計なことを考えずにただただ彼らの求める音無絢奈を演じるだけで済むのだから。

言われたことに頷《うなず》き、逆らうことをしなければ文句も言われない。

私の本心は私にしか分からず、こうやって自分の内側と外側に壁を作ってしまえば誰も私の中に踏み込めない……そうやって私の世界は守られていた。

『あの漫画大好きなんだよね！』

『うんうん！　凄く面白い！』

『あんなかっこいい男の子が傍に居てほしいよね！』

『幼馴染って言うの？　凄くいいなって思う！』

当時、題名は忘れたけど人気の少女漫画があった。

幼馴染の男の子と繰り広げる恋愛劇、甘酸っぱくてドキドキして、時に辛《つら》い経験を乗り越えて結ばれる二人がたまらないのだと友達がよく話してくれた。

『そうなんだ。面白そうだね』

『でしょ！　今度絢奈にも貸してあげる！』

結局その後に友達から漫画を借りることはなかったけど、私としてはそっちの方が都合が良かった——何故《なぜ》なら彼女たちが語った漫画の内容に何も感じなかったから。

『……幼馴染なんていいモノじゃないよ』

私は幼馴染との恋愛を描く漫画は嫌いだった。

ただ幼馴染のために尽くす異性の姿は私からすれば意志を持たない人形が決められた動作をしているだけにしか見えず、みんなが好きになるかっこいい幼馴染の男というものに全く良さを感じることがなかったのだ。

仮にそういう類《たぐい》の物語を読んだ時、あなたは幼い頃に幼馴染を好きになるように洗脳でもされたのかと捻《ひね》くれたことすら考えるくらいだ。

『幼馴染って何なんだろうか』

それはずっと続く私の命題だった。

そしてそんな日々を過ごしていく中で一つ言えるのであれば……私にとって幼馴染という存在は〝呪縛〟そのものだった。

でも、そんな日々を過ごす中で私にも我慢の限界が来た日があった。

『絢奈、今日も修君の家に——』

『いやだ!!　私、もうお母さんの言うことなんて聞かない!!』

『絢奈⁉』

無関心で居続けようとしたし、心に壁を作って生きていけると思った。

しかし私の心は私が思った以上に頑丈ではなくて、母に怒られることすらどうでもよくなって初めて抵抗した。

泣きながら私が逃げた先が近くの公園だったのはたぶん、一人で遠くに行くことは流石《さすが》に怖かったんだと思う。

『ぐすっ……私……嫌だよこんなの……私は……私は！』

ブランコに座ってただ一人、泣き続けた。

こうして泣き続けてもすぐに涙は枯れて私は自《おの》ずとあの人たちのもとに戻る……私の小さな抵抗もこの時ばかりで、またいつも通りの日々が戻ってくることを諦めて受け入れるんだなと思うとやっぱり心は冷めていく。

でも、その日はいつもと違った。

『一人で何してるんだ？　目がすっげえ赤いけど……って泣いてるのか⁉』

その日が私にとって全てを変えてくれた人生のターニングポイント、私にとって忘れられない日になったのだ。

『えっと……こういう場合どうすればいいんだ？』

何も変わらないと思っていた私の世界に眩《まぶ》しいほどの光が差し込んだ。

そう、貴方《あなた》が……斗和《とわ》君が私の前に現れたのだ。

『……君は……うぅ!!』

『泣くなって！　えっとその……うがあああああ!!』

これが私と斗和君のファーストコンタクト、きっとこの時の私は斗和君のことをこれでもかと困らせたと思う。

私以外に誰も居なかった公園で、斗和君からすればそこに一人で泣いている女の子を気遣って声を掛けたら更に泣き出したのだからそれはもう困ったはずだ。

『えっと……こういう時はこうだ！』

『……あ』

泣き続ける私の頭を斗和君は不器用ながら撫《な》でてくれた。

何をすればいいか分からない、でも何となく思い浮かんだ方法で私を元気付けようとしてくれたことはとても伝わったので、私は驚きながらも自然と泣きやんだ。

『何があったんだ？』

『……実は』

私は素直に何があったかを話した。

きっと斗和君にとってとても難しい話だったはず。そもそもこのようなことを同じ年齢の彼に相談すること自体が酷な話だ。

私の話を聞いた斗和君はそれはもう難しそうに腕を組んでうんうんと唸《うな》っていた。

『……難しいなぁ』

それはそうだろうなと今なら苦笑してしまうところだったけど、当時の私はやっぱりまだ小さな子供だったからまた泣きそうになったのだ。

斗和君は再び涙目になった私を見て大層慌ててしまい、どうにか出来ないかと周りをキョロキョロと見渡していた。

そして彼が視線を向けてあっと声を出したもの、それが彼が公園に入ってくる時に足で転がしていたサッカーボールだった。

『なあ、ちょっと見てくれよ』

『え？』

斗和君はそう言ってリフティングを始めた。

私もテレビは見るので斗和君のやっていることがボールを地面に落とさずにコントロールするテクニックなのは知っていた。

けどそれは精々テレビで有名人がやるのを見たくらいで、このように間近で見たことはなかった。

『よっと！　ほっ！　それ！』

『わぁ！　凄い凄い!!』

サッカーのことはよく分からない、でも斗和君がやっていることは私にとって凄いことのように思えたし、私のことを必死に元気付けようとしてくれたことも分かっていたから凄く嬉《うれ》しかった。

斗和君はそれからしばらく一度もボールを地面に落とすことなく、最後の最後にかっこよくポーズを決めて終わらせた時に思わず私は拍手をした。

『かっこいい！　凄かった!!』

『あはは、サンキュー！　でも大人の人とかに比べると大したことないけどな』

『そんなことないよ！　本当に凄くかっこよかった!!』

『……へへ、ありがとな！』

思えばこうして修君以外の男の子とこんなに話したのは初めてだった。

いつもと違う世界の新鮮さが胸の内に広がり、言葉で言い表せない何かが私の心を満たしたのだ。

『これから行くところあるんだけど一緒にどう？』

『うん！　行きたい！』

その斗和君の提案に頷《うなず》いた私はもう修君や母のことは何も考えていなかった。

斗和君に手を握られて色々な場所に連れていかれたけど、やっぱり一番印象に残っているのはゲームセンターだった。

『おっちゃん邪魔するぜ！』

『お、お邪魔します……！』

『よう斗和坊、なんだガールフレンドか？』

そのゲームセンターを仕切っているおじさんは斗和君の知り合いなのか、出会った瞬間からそんな軽口を言い合うほどに仲の良さを感じた。

まるで父と子のような気安ささえ感じさせる和やかな空気、そして二人の話が想像以上に面白くて私は笑いが止まらなかった。

『おっちゃんが馬鹿だから笑われたじゃん』

『斗和坊に馬鹿って言われたくねえな？』

『うちの母さんも馬鹿って言ってたぜ？』

『明美《あけみ》ちゃん酷い！』

『ふふ……あはは！』

本当に息の合ったやり取りだった。

斗和君がそう揶揄《からか》っておじさんがリアクションを取り、それを見て私が笑うとおじさんは照れたように顔を赤くして……本当に楽しかった。

『……色んなものがあるんだね』

ゲームセンターという場所は私にとって未知の場所だった。

おそらくだけど、小学生でしかも女の子でこういう場所に来る子はそう居ないのではと思っている。

分からないことは多くあったけれど、斗和君に色々なことを教えてもらいながら一時間くらい思いっきり遊んだ。

『……あ』

でもそんな楽しい時間にも終わりが来る。

壁の時計を見て私は流石にそろそろ戻らないといけない、そう思って斗和君に帰らないといけないことを伝えた。

すると斗和君は連れ回してしまったお詫《わ》びに家まで送ると言ってくれたのだ。

『……温かい』

再び私の手を握ってくれた斗和君の手から伝わる温《ぬく》もりに、私は我儘《わがまま》にもこの手を離したくなかった。

『……っ』

そんな彼の手から伝わる温もりにドキドキしていたのにもこの時気付いた。

もうすぐ家が見えてくる、そんな時、斗和君は懐からある物を取り出して私に手渡してきた。

それはクマのキーホルダー……こう言ってはなんだけど、結構不細工な顔をしたクマだった。

『これ、さっき絢奈ちゃんがゲームに夢中になっている時に取ったんだ。要らないなら捨てても良いよ』

『捨てないよ!!』

差し出されたキーホルダーを受け取って私はそれを胸に抱いた。

こうしてプレゼントをもらうことは初めてではないけれど、それでもこの斗和君からもらったプレゼントは今までもらったどんな物よりも温かさを感じることが出来た。

『ありがとう斗和君！』

『……おう』

頬《ほお》を掻《か》いて照れている斗和君はとても可愛《かわい》かったし、そんな彼を見て私も凄《すご》くドキドキしていた。

今日初めて出会った彼との時間がもうすぐ終わると思うととても切なく、もっとこの時間が続いてほしいと願ったもののそれは無理な話だ。

『……っ』

私の家の前で母たちが慌てていた。

きっと私のことを探していたんだと思うけど、今あそこに向かったら絶対に怒られてしまう……一歩が踏み出せない私の手をまた優しく握ってくれた斗和君。

『大丈夫だって。行こう』

『……うん』

大丈夫だと笑いかけてくれた斗和君に頷き、私は母たちのもとへと向かった。

私の姿を見つけて修君が琴音《ことね》ちゃんと一緒に駆け寄ってきて、それを見ていた母たちもその後に続いた。

『ごめんなさい。絢奈ちゃんを思わず連れ回しちゃいました。一緒に遊ぶと凄く楽しくって』

斗和君はそう言って事情を説明した。

本当は全部私が悪いはずなのに、斗和君のこの言葉は彼が悪いんだと言っているようなもので、母たちは私が居なくなったのは斗和君が悪いのだと思ったのか彼を睨《にら》みつけた。

『ち、ちが――』

違うと大きな声で言おうとした私を斗和君が制した。

斗和君はまた私に対して大丈夫だと囁き、真《ま》っ直《す》ぐに自分よりも遥《はる》かに大きな大人である母たちを見返した。

流石《さすが》に母たちも小学生の斗和君を怒鳴り散らすつもりはなかったのか、その時は何も言われなかったけど、家に戻ってから斗和君とは二度と会わず遊ぶこともするなと口煩《くちうるさ》く言われてしまった。

『斗和君か……かっこよかったねクマキチ』

母たちの前で斗和君に庇《かば》われた時、本当にかっこいいなって私は思った。

斗和君からもらったキーホルダーを触りながら今日の出会いを思い返し、いつもとは違った気持ちで私は一日を終えようとしていた。

修君と琴音ちゃんが何かを言っていたようだけど私の心は冷めなかった。

『斗和君、今度はいつ会えるかなぁ』

どうすれば会えるのか、どこで会えるのか、それすらも何も決めることなく斗和君とは別れてしまった。

もしかしたらもう会うことはないのかなって、そんなことを思っていたけどそれは杞憂《きゆう》だった。

『え？　絢奈ちゃん？』

『斗和君⁉』

私と斗和君はまさかの同じ小学校に通っていたのだから。

そう、私と斗和君の物語はここから始まり、そしてずっと長い時間を過ごしていくことになる。

その中に修君も加わっていつも私たちは三人で過ごすことになるのだった。

▼▽

絢奈から伝えられた彼女の過去、それは俺にとって本当に知らないことばかりだった。

絢奈にとって幼い頃から続いていた修やその家族と過ごす時間、そして母親までもが絢奈にこうすべきだと強制するその世界はどれだけ狭かっただろうか。

「すみませんでした。変に過去のことを長く話してしまって。このことはある程度斗和君も知っていることなのに」

「そう……だな」

そうだったのかと、不思議と俺は驚かなかった。

確かに彼女の話に唖然《あぜん》とはしたものの、何故《なぜ》かそのことを俺の頭は素直に受け取り情報を処理していった。

まるで本当にその通りだと、それが真実であり俺自身最初から知っていることなのだと心が勝手に納得するかのようだった。

（……？　これは……）

絢奈の話を聞きながら、そして今聞き終えて彼女のことを抱きしめていると俺の中にとある記憶が浮かび上がってくる。

それはさっきまで絢奈が話してくれていたこと、絢奈との出会いが俺の中に鮮明に蘇《よみがえ》ってきた。

「……あぁ、そうだな。そうだった本当に」

突然の記憶の蘇りだけどそれは俺の人生の経験に生まれ変わっていく。

他人の記憶なのは確かなはずなのに、それでも元から自分の記憶だったと言っても納得してしまうほどに俺のモノへとなっていった。

「斗和君、どうしましたか？」

俺は俺だ、それでもさっきも言ったが斗和と何かがリンクしたような感覚も確かに感じている。

だからなのか、今まで以上に絢奈のことを守りたい気持ちにさせられる。

すぐ手の届く彼女をずっと見ていたい、今のように笑ってほしいと心の底から俺はそう思うのだ。

「絢奈」

彼女の頬に手を添えた。

どうしてそうしようと思ったのかは分からないが、彼女は頬に添えられた俺の手を見て何かに期待するように瞳を潤ませた。

「……俺は」

「え？」

俺は正直、彼女たちのことをゲームに登場するキャラクターだとしか思っていなかった

……いや、それは今も少しはある。

しかしこうして意思を持って動いているのは俺だけではなく、彼女たちだって俺と何も変わらないこの世界に生きる一人の人間なんだ。

「……絢奈は」

「何ですか？」

「本当に可愛《かわい》い子だな」

「……はひっ⁉」

コロコロと表情を変えてくれる彼女は本当に可愛いかった。

ゲームをプレイしている時から一番気に入っていたキャラクターだったのは当然だけど、やっぱり改めて音無絢奈という女の子を見るとそんな感想が浮かんでくる。

（……この世界に生まれ変わった意味を求めるわけじゃない。でも今の俺がしたいことはただ一つ、この子を……絢奈を泣かせたくない）

俺はずっとこの世界に生まれ変わった意味を考えていたように思う。

何か意味があるのではないかと思いながらも、このまま進んだら確実にあのゲームの結末と同じになるであろう確信があるからこそ、俺はハッピーエンドに導いてやろうと考えていた。

（俺は雪代《ゆきしろ》斗和だ……でも、この世界を形作るだけのキャラクターじゃない。なら俺は自分のしたいことをする。守りたい存在をこの手で守りたい。俺は絢奈にずっと笑っていてほしい）

そしてあと一つだけ、我儘を言えるのであれば……この子の傍に居たい。

「……そうか」

思えば初めてかもしれない、こんな風に強くこの子の傍に居たいと思ったのは。

もちろんある程度斗和の意識に流されているというのもあるだろうが、俺は今自分の意志で初めてこの子の傍に居たいと強く願ったのだ。

しばらく絢奈と見つめ合ったが、俺は少し気分を落ち着けようと思い冷蔵庫に飲み物を取りに行こうとした。

「……あれ」

しかし、同じ姿勢で居続けたのと自分の抱える気持ちに向き合えたことでスッと気が抜けたみたいだ。

俺は立ち上がろうとしたが間抜けにも膝を折る形で体勢を崩し、そのまま絢奈を押し倒す形になってしまった。

「わ、悪い絢奈……っ!?」

すぐに謝り彼女にどこか怪我《けが》がないかを探した俺だったが、ふと感じた右手の感触に思考が停止した。

手の平に感じるそれはとても柔らかくそして温かい……そう、俺の右手は絢奈の豊満な胸元に置かれていた。

「……斗和君」

「っ……」

手を離せ、そう思うのに俺の手は絢奈の胸から離れてくれない。

そうやって彼女の胸に手が触れていると、ドクンドクンと彼女の心臓の鼓動さえも手の平を通して伝わってくる。

こんな時に考えることとしてはおかしいかもしれないが、やはり彼女は生きているのだと俺に思わせた。

「絢奈、君が欲しい」

そこまで言って俺はハッとした。

事故で彼女を押し倒して口にするべき言葉ではないだろうと思いつつ、今のは違うと訂正して離れようとしたが……やはり俺は彼女から離れたくなかった。

さっきまで顔を赤くして普段と違った様子を見せていた絢奈だけど、俺の言葉を聞いて手も足も全てを使って俺に絡みついてきた。

「いいですよ斗和君。今は何も考えずに私を好きにしてください」

そう言った絢奈の表情はとても色っぽかった。

男の情欲をそそるような表情には違いないのだが、絢奈の表情は本当に優しくどこまでも包み込んでくれるような包容力がそこには宿っていた。

俺はジッと見つめてくる絢奈の唇に顔を近づけ、その柔らかな唇にキスを落とす。

「……ぅん……ちゅ」

前世でどうだったか、それを思い出すことは叶《かな》わないが今の俺にとっては間違いなく初めてのキスと言える。

柔らかな感触と共に少しだけしょっぱいような味を感じるのはきっと、さっきまで絢奈がずっと泣いていたからだろうか。

「泣いてたからなのか、ちょっとしょっぱいな?」

「っ……あんなことがあったからです。斗和君が私を泣かせたんですから責任を取ってください♪」

責任を取ってくださいと言って逃げ道を封じてきた絢奈に苦笑する。

正直なことを言えばまだまだ俺にとって知らなくてはいけないことは多くあるし、何より俺と絢奈の間に隠されたものはまだまだあるのだろう。

それでも今はただ、目の前の女の子を愛したい。

胸の中に溢れる絢奈への愛おしさに突き動かされながら、そして彼女を守りたいと願った自分自身の気持ちに従うように俺は絢奈と体を重ねた。

そして幾ばくかの時間の後、当然のように俺たちは裸で抱き合っていた。

「……ふふ」

「どうした？」

「いいえ、やっぱりこうするのが好きだなって思ったんです」

えへへと笑った絢奈の頭を俺は撫でた。

気持ち良さそうに目を細くする彼女を見ていると猫みたいだな、そんな感想を俺は抱いた。

「なんか猫みたいだな絢奈」

「猫ですか？　にゃ～ん♪」

「っ……」

「あ、もしかして今の効きましたか？　見つけちゃいましたかね新しい開拓先」

「開拓先とか言わないでくれ」

ニッコニコの絢奈のテンションがとにかく高いのだが、まあそれは俺も同じことかと苦笑する。

「明美さんはまだ帰らないんですね」

「ちょっと遅くなるとは言ってたよ。あと一時間くらいかな」

「そうなんですか？　ならもう少しこうして居られますね」

そう言って絢奈は再び俺の胸に顔を埋《うず》めた。

しかし……改めてこうして絢奈の裸に目を向けると本当に綺麗《きれい》とエロを両立したようなスタイルだなと俺は素直な感想を持った。

それからしばらく抱き合っていたが、いつ母さんが帰ってきてもいいように服を着て待つことにした。

「斗和君」

「どうした？」

そうやって二人でのんびりしていた時、ふと絢奈がこんな質問を投げかけてきた。

「私に対する呼び方を可能な限り言ってみてくれませんか？」

「え？　……そうだな」

意味深というよりはよく分からない質問に困惑したものの、俺はその言葉に従い絢奈に対する呼び方を口にしてみた。

「絢奈……絢奈さん……絢奈ちゃん……ハニー？」

「……ぷふっ！」

「笑うなって!!」

流石《さすが》にハニーはどうかと思ったけど笑うんじゃない！

絢奈はごめんなさいと口にしたものの肩を震わせており、それだけ今の俺の言葉がツボにハマったようだ。

思ったよりも笑われてしまい拗《す》ねる寸前まで行ってしまったが、絢奈は俺の手を取ってこう言葉を続けた。

「斗和君は昔からそうです。絶対に私のことをお前って呼ばないですよね？　ただの自意識過剰と言われるかもしれないですが、呼び方一つでも大切に思われているように感じて私は幸せになれるんです」

「あ～……いや、流石に女の子にお前って言うのは無理じゃないか？」

よっぽど仲が悪いとかなら分からないけど、絢奈のように親しい女の子に対してお前と言うのはどうも無理だった。

「少し前にも似たような質問をしたんですけど……ふふ、やっぱり斗和君は変わらないんですね。ずっと優しいままで……私はそんな優しい斗和君がいつだって大好きなんですよ」

そう言って絢奈は俺の頬《ほお》にキスをした。

先ほどの問いかけに深い意味はないだろうけれど、それでも俺は自分で答えたことに対して絢奈にそう言われたことが嬉《うれ》しかった。

もうしばらくこの余韻に浸るとしよう。

傍に居る彼女の存在を近くに感じながら。

▼▽

「……？」

「どうしたの？」

授業終わりの放課後、僕はまた伊織《いおり》先輩の仕事を手伝っていた。

もうすぐそれも終わるかどうかといったところで、僕は言葉で言い表せない何かを感じたけど結局その正体は分からなかった。

僕の様子に首を傾《かし》げていた伊織先輩だったけど、すぐに残りの仕事に集中するように僕から視線を外した。

そしてしばらく無言の状態が続き、お互いに今日の分の仕事を終えた。

「ふぅ、お疲れ様修君」

「いえいえ、お疲れ様でした伊織先輩」

「……ふふ♪」

そう伝えると何故《なぜ》か伊織先輩は嬉しそうに笑った。

相変わらず綺麗に笑う人だなと思っていると、伊織先輩は僕の顔を真《ま》っ直《す》ぐに見つめながらこんなことを口にした。

「修君って呼んだ時は面倒そうな顔をするのに、いざ作業が始まると集中して最後まで手伝ってくれるわよね。そういうところ素敵だと思うわよ」

「……ありがとうございます」

素敵だと言われて頬に熱が溜《た》まっていくのを感じた。

実を言うと今伊織先輩が言ったように面倒だと感じているのは確かだが、こんな僕を頼ってくれるということは嫌ではない……寧《むし》ろ嬉しいからこそ、その期待に少しでも応えたいと思うのだ。

(……ちょっとだけ優越感もあるけど)

伊織先輩はこの学校において美人生徒会長として多くの生徒に慕われている。

女子に慕われているのは当然として、男子から何度も告白を受けていることも本人から聞いていた。

そんな風に多くの人たちが伊織先輩に惹《ひ》かれる中、彼女が僕に頼ってくれるという事実に優越感を覚えるのである。

「今日はもう帰りましょう」

「分かりました」

伊織先輩と共に生徒会室を出て玄関に向かった。

既に辺りはそれなりに暗くなっており、校内には外で部活をしている生徒と職員室に残っている先生くらいしか居ない。

絢奈と斗和も既に帰っているはずなので、今日も僕は一人というわけだ。

「修君、せっかくだから手を繫《つな》ぎましょうか」

「……え？」

どうして？　そんな疑問を抱く前に僕の手は彼女の手に握られた。

手を握ったままジッと見つめてくる伊織先輩の視線に耐えられず、サッと視線を逸《そ》らしたが伊織先輩はそんな僕を見てクスクスと笑っている。

この人はいつもそうだ……こうやって僕を困らせる、困らせるけど……僕はそんな風に彼女に接してもらうことは嫌ではなかった。

「ドキドキしてる？」

「っ……」

「ふふ、ということは私にもチャンスはあるのかしらね？」

そんなドキッとするようなことも伊織先輩はいつも口にしてくる。

実を言うとどうして僕のような人間が伊織先輩にそこまで良く思われているのかも分からない。伊織先輩のような美人と到底僕は釣り合わないからだ。

一度だけ彼女にどうしてこんなに僕に対して構うのか、そんなことを聞いたことがあったけど返ってきた言葉はこうだ。

『私と付き合ってくれたら教えてあげてもいいけどどうする？』

僕が伊織先輩と付き合う？　その言葉に当然惹かれるものはあったけど、彼女の様子からそれは絶対に冗談だと思ったのでそれならいいですと返事したのを僕は覚えていた。

（僕はどこまでいっても普通の人間だ……なんの取り柄もないただの）

あまり自分のことを卑下するなと斗和なら言ってくれるんだけど、それでも僕のこの性格はよほどのことがない限り直りそうにない。

自己評価が低いとか、自分を下に見すぎているという自覚はあるけど、ずっとこうだったから、簡単に直すことが出来ないのである。

（確かに伊織先輩は美人だ……でも僕は絢奈が好きなんだ。いつも傍に居てくれる彼女の

ことが。だから僕は伊織先輩とそういう関係にはなれない）

僕も男なので伊織先輩の甘言に流されてしまいそうになることはある。でも僕はやっぱり絢奈が好きだ。

だからこればっかりは絶対に譲れない、今までずっと傍に居てくれた彼女をこれから先は僕が幸せにしてみせる……そうだ！　僕が彼女を幸せにするんだ！

「伊織先輩、早く行きましょう」

「ええ」

絢奈のことを考えていたら無性に彼女に会いたくなった。

家に帰る前に一度絢奈の家に寄ってみようかなと考えていたその時、背後から僕と伊織先輩ではない声が聞こえた。

「あ、修先輩！」

「え？　真理《まり》？」

「やっぱり修先輩だ！」

僕の名前を呼んで駆け寄ってきたのは後輩の真理だった。

大人っぽい伊織先輩と比べると真理はボーイッシュでスレンダーな見た目で、美人というよりは可愛《かわい》いと言われることの方が多い女の子だ。

「先輩方もこれから帰りなんですか？　よかったら一緒にいいでしょうか」

「いいわよ。修君もいいわよね？」

「はい。一緒に帰ろうか真理」

「はい!!」

真理は嬉しそうに元気な返事をして僕の隣に並んだのだが、グッと距離を詰めるようにして僕の腕を取った。

照れ臭そうにしながらも嬉しそうに笑う真理に対抗するように、伊織先輩も握っていた手を離して僕の腕を抱くようにしながら更に距離を詰めてきた。

（……柔らかい）

控えめな感触と大きな感触に鼻の下が伸びそうになってしまう。

せめてもの抵抗をするかのように僕はどうにか表情を取り繕い、特に何も意識していないのだと虚勢を張ることに精一杯だ。

「内田《うちだ》さん、ちょっと距離が近すぎないかしら？」

「本条《ほんじょう》先輩こそ近すぎませんか？　離れてください」

まるで僕を取り合うように牽制《けんせい》し合う二人、こんな所を他人に見られたらどう思われるかと思うとたまったものではない。

絢奈にこんな瞬間を見られたら誤解されてしまいそうだし、今だけは彼女が傍に居ないことに感謝した。

「二人とも、あまり僕を挟んで言い合いをしないでほしいかなって」

「……そうね」

「ですね」

僕がそう言うと二人は矛を収めてくれた。

言い合いを止《や》めただけでなく抱いていた僕の腕を離してくれたので、少し残念には思いながらもホッと息を吐いた。

二人が僕に対して明確にどんな気持ちを抱いてくれているのかは分からない。でも取り合いをされるのってこんな感覚なのかなぁと少し困ってしまう。

（……って自意識過剰だろ僕！）

まるでハーレム主人公のような思考になっていた自分が恥ずかしい。

たとえどんなに伊織先輩や真理に好かれたとしても、アピールをされたとしても僕には絢奈が居るんだ……だから変に期待するんじゃないぞ佐々木修！

そんな風に心の中で自分自身に活を入れている時だった――伊織先輩が真理を見つめながらこんなことを口にした。

「そういえば修君と内田さんはどういう繋がりなの？」

　僕が答えようと思ったけど先に真理がその質問に答えた。

「私、休日とかよくランニングしてるんですよ。以前に同じように走っていたら絢奈先輩に出会って、そこから修先輩を紹介してもらったんです。ずっと部活に打ち込んでいた私にとって、お二人とのお話は本当に楽しくて……えへへ」

「そうだったのね」

　真理の言葉を聞きながら僕も当時のことを思い出していた。

　その日はいつもと変わらない休日で家でゴロゴロしていたのだが、絢奈から連絡が来て今から会えないかと誘われたのだ。

　そうして出掛けた先に居たのが真理だったわけだけど、もちろん初対面の時は緊張してしまい会話はぎこちなかった。

『ほら修君、真理ちゃんは良い子ですから』

　絢奈にフォローをしてもらいながら真理とも交流をしていくことで、今のように彼女と仲良くなることが出来た。

　それから絢奈を抜きにして二人で会うことも増え、時には真理のランニングに付き合うこともある……もちろん彼女の体力に付いていけず、早々にギブアップしてしまうんだけどね。

「でも奇遇ね。内田さんが修君と出会ったのは音無さんが間に居たわけだけど、私も修君と交流が生まれたのは音無さんのおかげだから」

「そうだったんですか？」

「えぇ」

確かに伊織先輩についても絢奈のおかげで知り合うことが出来た。

クラスでの話し合いをする時など、絢奈は率先してみんなを引っ張り意見をまとめ上げることも多く、その話し合いで決まったことを生徒会長である伊織先輩に絢奈が伝える時があったのだ。

その時に絢奈から付き添ってほしいと言われて僕も生徒会室に向かい、そこで伊織先輩と僕は出会った。

（伊織先輩のことは知ってたけど、冷たくて怖い人って印象だったもんな）

当時はそんなことを思ってビクビクしてたけど、人と接するのが得意な絢奈が傍にいたおかげで真理の時と同じような流れで仲良くなれた。

そういったことがあって伊織先輩とも僕は親しくなれたわけだ。

「そう考えると音無さんが私たちと修君のキューピッドなのね」

「本当ですよね！　……まあ修先輩は全然気付いてくれないみたいですけど」

二人して僕をジト目で見ないでほしい。

どう反応すればいいのか分からずにたじたじの僕を見て二人は揃《そろ》ってため息を吐《つ》いた。

「……ダメダメね」

「ダメダメですね」

「僕が何かしたかな!?」

思わず大きな声でツッコミを入れてしまった。

そこそこに大きな声だったのもあって、二人も揶揄《からか》いすぎたと反省したのかすぐに謝ってくれたけど……別に謝ってもらうほどのことでもない。

絢奈を通じて二人と知り合い仲良くなってきたけど、間違いなく彼女たちの存在は僕にとってとても大きなものだと断言できる。

(嫌じゃない。寧《むし》ろ大好きな時間なんだ)

絢奈や斗和と過ごす日々、そして伊織先輩や真理と過ごす日々は僕にとって本当に大切な時間だと思っている。

まあでもやっぱり、僕にとって一番安らぎを感じるのは絢奈の傍……かな？

そうして絢奈のことを考えていたのがマズかったのか、伊織先輩と真理から何とも言えない視線を向けられていることに気付いた。

「……なんです？」

「ううん、音無さんは強敵だなって思ったのよ」

「本当ですよ。絢奈先輩は強すぎます！」

なんでそこで絢奈の名前が出てくるんだ……。

まるで心の内を読まれてしまったような気がしてしまったものの、ある意味で僕がいつも絢奈のことを考えているのは間違いない。

ずっと幼馴染《おさななじみ》として過ごしてきたからこそ、彼女は僕のことをこれでもかと理解してくれている。

いつも隣で笑ってくれている彼女、彼女の笑顔は本当に僕の宝物だ。

「……僕は絢奈が好きだ」

二人に聞こえないように呟いた。

こう言ったら笑われるかもしれないけど、僕と絢奈は言ってしまえば親同士が認めた仲でもある。

今までずっと絢奈は嫌な顔一つせずに僕の傍に居てくれたのだから、きっとこの想《おも》いは彼女に届くのだと確信している……だからきっと大丈夫だ。

「あ、そうでした修先輩！」

「どうしたの？」

「音無先輩もそうなんですけど、雪代先輩も凄《すご》いですよね！」

僕は素直に頷《うなず》いた。

思えば真理から斗和について聞かれたのは初めてで、何を聞かれても知っていることなら答えようと考えたその時だった——真理から続いて出た言葉に僕は動きを止めた。

「以前ちょっとお話する機会があったんですけど、その時に聞けなかったことがありまして。雪代先輩ってサッカーが凄くお上手なんですよね？」

「あら、そうなの？」

興味がありそうな反応をした伊織先輩と違い、僕は心を影が覆ったような感覚に陥っていた。

斗和は僕にとって最高の親友だ……親友だけど、それでも僕たちの間でサッカーの話題はある意味禁句のようなものなのだ。

「中学は違ったんですけど、それでも凄くサッカーが上手だって噂《うわさ》になるくらいだったのは今でも憶《おぼ》えてます。ただ事故に遭って怪我《けが》をして……それでサッカーを辞めることになったって聞いています」

その時のことを詳しく知っているのかと聞かれたものの、僕はすぐに真理の問いかけに答えられなかった。

だってあの出来事は……いや、既に終わったことだ。

斗和だって僕を許してくれたし、あれはもう済んだことなんだ！

『こういうこともあるってことだよな。あまり気にするなよ修、お前が無事で本当に良かったよ』

ほら、記憶の中の斗和だってそう言っている……だから大丈夫だ。

しかしそれでも僕は真理への言葉を濁すことにした。

「実は僕もそこまで……かな。斗和にとってきっと悔しいことだと思うし、あまり詮索しない方がいいと思うよ」

その方がきっと斗和のためだと僕は締《し》め括《くく》った。

僕の言葉を聞いて二人もこの話題については深く聞いてくるようなことはなく、すぐに別の話題へと移っていった。

「……ふぅ」

斗和の話題が終わり僕は心から安堵《あんど》していた。

平静を装い二人と会話をしながら思うこと、それは僕にとって斗和は親友なんだということだ。

そう……斗和は親友なんだ。

(でも本当は……)

親友、何でも出来る親友の斗和に僕は……嫉妬していた。

勉強が出来て、運動も出来て、友達も多くて、そして絢奈とも凄く仲がいい、そんな斗和が僕は凄く羨ましかった。

僕が持っていないものを全部持っている彼が羨ましくて、同時に妬ましくもあったんだ。

『……え？』

『残念だが大会には出られない、サッカーも難しいかもしれない』

偶然耳にした斗和の病室から聞こえてきた言葉、僅かな隙間から見えた斗和の呆然《ぼうぜん》とした表情を見て僕はこう思ってしまったんだ——ざまあみろと。

でもそれは本心ではない、ただただ僕の嫉妬心が突き動かしただけに過ぎない。

それでもベッドの上で辛《つら》い現実に打ちひしがれていた斗和を見て僕は嗤《わら》ってしまったんだ。

(あの時、僕は確かに斗和を見て嗤ってしまった。そしてあの時、誰かが居たような気配も僅かに感じた気がする)

もしかしたらあの時、僕の嗤った顔は誰かに見られていたのだろうか……。

7章

（……ここは？）

俺は周りの景色を見渡しながら呟《つぶや》いた。

稀《まれ》に今自分が見ている景色が夢ではないかと認識出来る瞬間というものがあるが、俺は直感で今がそれだと認識した。

白で統一された空間、生活感も感じさせるこの部屋は病院の一室だと思われる。

（……なんだ？　何の夢だこれ）

ジッとしているのも嫌だったのでベッドから出ようとしたのだが、そこで俺は自分の体が満足に動かせない状態であることに気付いた。

腕には包帯が巻かれており足も固定されるように吊《つ》るされている。腰もガチガチにされているような感覚だった。

あまりにもリアルすぎる夢に俺はこれが本当に夢なのかと疑わしくなる。

体に伝わる外部の感覚はもちろんのこと、俺自身がこの体験をしたかのように思えてしまう現実味があるからだ。

(あ〜テステス。全然喋《しゃべ》れねえんだけど〜!!)

口が動かないので声を発することも出来ず、このように心の中で喋ることしか出来ない。

体も満足に動かせず喋ることも出来ない……せっかく夢を見るのであれば空を飛んだり剣とか魔法を使ったりして敵をバッタバッタと倒していく夢とか色々とあるだろうに気の利かないことだ。

このまま目が覚めなかったらどうしようか、そんなことを考えていた時に病室の扉が開いた。

「……あ、斗和《とわ》!!」

入ってきたのは修《しゅう》だった。

今よりも少し幼い感じがするが取り敢《あ》えず、何も言えない俺は修からの言葉を待つしかなかった。

ベッドの上の俺を見て修は段々と表情を歪《ゆが》ませ、涙を流しながら鼻水も垂らして泣き始めるのだった。

「ごめん……ごめんなさい斗和!!　僕が……僕が余所見《よそみ》していたから斗和が!!」

眺めているだけの俺からすればどうして修が泣いているのか分からない。けど何故《なぜ》か俺の心の内は熱く煮えたぎるかのように怒りを抱いており、おそらくこの怒りの矛先は修へと向いているような気がしていた。

当然この怒りについても何も分からない……そう思っていたのだが、この怒りを持つことは何もおかしくはないとどうしてかそう思えた。

「泣くなよ修」

口が勝手に動いた。

突然に喋り出した自分自身に驚きつつも、俺はただ内側から出てくる言葉を修に伝えた。

「こういうこともあるってことだよな。あまり気にするなよ修、お前が無事で本当に良かったよ」

『……何で……何でお前がそんなに泣いてるんだよ。泣きたいのはこっちなんだぞ!?』

口にした言葉とは別に、まるで二重音声のように俺の声が重なった。

表向きは修を心配させないように気遣いながらも、裏では彼に対する激情が支配していた。

これは間違いなく斗和が抱えた怒り、それは俺と同化するように一つになる。

（……あ、これは）

そうして俺は思い出していった。

何故病院のベッドの上に居るのか、どうしてこんなに体がボロボロなのか、どうしてこんなにも修に対して怒りを感じているのかを。

簡単なことだ——俺は事故に遭ったんだ。

ボーッとしながら道路に飛び出してしまった修を庇《かば》うように入れ替わり、彼の身代わりになる形で俺は事故に遭った。

「これ参ったなぁ。体が満足に動かせねえんだよマジで。トイレとかどうすりゃいいんだろうな。看護師さんにお世話してもらうの恥ずかしいぜ」

『なんで……なんでこの時期なんだよ！　もう少しで大会なのに……母さんに喜んでもらいたくて頑張ったのに!!』

大会……そうだ、もうすぐサッカーの大会があるんだ。

部員全員で頑張りながら必死に練習したし多くの人たちに応援されて、その応援に応えるために俺はずっと頑張っていたんだ！

母さんも仕事を休んで応援に来てくれるって！　絢奈《あやな》も絶対に応援しに来るって言ってくれたのに!!

（気持ち悪い……感情がグチャグチャに混ざってくる……っ）

俺と斗和の感情がグチャグチャに混ざり合うような気がして気持ち悪かった。

その弱音すらも吐くことが出来ず、ジッと二つの混ざり合う感情と向き合っていると病室に先生と思われる人が入ってきた。

「……雪代《ゆきしろ》君」

先生は言いづらそうにしながらも、しっかりと俺に言い聞かせるようにゆっくりと話し始めた。

「雪代君、単刀直入に言わせてもらおう。手足の骨折も十分に酷《ひど》いが、何より腰の方が遥《はる》かに酷くてね。直近のサッカーの大会はもちろん、もしかしたら一年ほどは運動も難しいかもしれない」

先生のその言葉は容易に俺の心を抉《えぐ》ってきた。

まるで胸を刃物で刺し貫かれたような衝撃を受けたが……俺はどうにか平静を保つために笑いながら口を開いた。

「そう……っすよね。流石《さすが》に無理っすもんねこんなんだと……あはは、参ったな」

『…………』

もはや激情に支配された声は聞こえてこない。

勝手に動く口と勝手に吐き出される言葉、心がグチャグチャでどうしようもないのに涙は流れてこない。

これは斗和自身の強さなのか、それとも現実を受け止められないほどにショックを受けているからなのかも分からない。

「それじゃあ失礼するよ」

「……はい」

先生はそう言って扉に向かい、入れ替わるようにして絢奈と修の母親である初音《はつね》さんが入ってきた。

「大丈夫……ですか？」

一目散に俺に近づき、手を握ってくれた絢奈の目は真っ赤だった。

そんな彼女を見てしまうと凄く泣かせてしまったのもあるし、想像も出来ないほどの心配をかけてしまった申し訳なさが溢《あふ》れてくる。

「心配させた……よな？」

「当たり前じゃないですか!!　倒れて動かなくなった斗和君を見て私は……うあああああああっ!!」

泣き出してしまった絢奈の頭を動く方の手で優しく撫でた。

少しばかり不謹慎だがこんな風に泣いてくれることが嬉《うれ》しくて、俺はこれ以上絢奈に泣いてほしくないので笑みを浮かべようと努めた。

しかし、そんな時に初音さんの声が響いた。

「修、絢奈ちゃんと一緒に外に出ていて。彼と話があるから」

初音さんのその言葉に修は頷《うなず》いて外に出ていったが、絢奈だけは絶対に俺から離れないと言わんばかりにその場から動かない。

絢奈に対し困ったような表情を浮かべたものの、すぐに初音さんは俺を非難するような目を向けてきた。

元々絢奈を連れ回してしまった過去のせいで初音さんを含めた修の家族と絢奈のお母さんに良く思われていないことは分かっている……さて何を言われるのか、身構えている俺に初音さんは口を開いた。

「もし修か絢奈ちゃんのどちらかが怪我《けが》をしていたらどうするつもりだったの？　あなただったから良かったものの」

「……え？」

「っ⁉」

俺は一瞬、彼女に何を言われたのか分からなかった。

それは絢奈も同じようで伏せていた顔を凄《すご》い勢いで上げ、信じられないモノを見るような目で初音さんを見ている。

　呆然とする俺に向かって初音さんは更に言葉を続けていった。

「あのね、君は要らないのよ。修には絢奈ちゃんが居るし、絢奈ちゃんにも修が居るの。異物のあなたが入り込んだから罰が下ったのね、きっと」

「初音さん！　一体何を言っているんですか⁉」

　絢奈の大きな声を聞きながら、俺も一体この人は何を言っているんだと思った。

　俺はただ、二人の友達として一緒に居ただけなのに……俺が一体、何をしたって言うんだよ。

「……あ、そうか。なるほどな」

「何か言ったかしら？」

「いいえ何も」

　そうか、この人たちの世界は自分たちだけで完結しているのだ。

　修と絢奈が結ばれる世界、それがこの人たちの望む世界であり、それ以外はどんなものでも許さないという……あぁくそ、何故か笑えてくる。

　少なくとも俺が生きていた世界ではほぼほぼあり得ない考えだろうけど、この世界だからこそこんな性格の破綻した人間が居てもおかしくはないんだろう。

（……これ、斗和はどう思ったんだろうな）

斗和の感情とリンクしているとはいえ、ある程度は客観的にこの状況を見られる俺と違い斗和はどんな気持ちでこの言葉を受け止めたのだろうか。

恨んだのか、それとも単純に諦めたのか。

初音さんはその後言いたいことは言い終えたようで病室を出ていき、残された俺と絢奈の間に言葉にし難い空気が流れた。

「……参ったな。まさかあそこまで嫌われてるとは思わなかった」

「斗和君……」

あそこまで言う必要はないだろうと思う半面、斗和という存在はあの人たちからすれば自分たちの箱庭を荒らす害虫のような存在か……決して分かりたくはないが、彼女たちの抱く考えは嫌でも理解してしまった。

「…………」

俯《うつむ》いてしまった俺だけど今はただ傍に居てくれる絢奈の存在が心の支えだった。

絢奈に向かって手を伸ばすと彼女はすぐにそっと両手で包み込んでくれたおかげでその温《ぬく》もりにも安心出来た。

そんな安心感を胸に抱きながら俺は絢奈にこんなお願いをした。

それは普段なら決して言わないであろうこと、今だからこそ言えるようなそんなお願いを。

「……抱きしめてもらってもいい？　泣いてもいいかな？」

「っ……私で良ければ」

俺は絢奈の胸に顔を預けた。

頰《ほお》に感じる柔らかな感触と良い香りに凄く安心する……それこそ心に受けていた傷を癒《い》やしてくれるかのように絢奈の温もりが俺を包んでくれる。

「……くそっ……くそ……っ!!」

そして俺は泣いた。

絢奈の胸に抱かれながらこれ以上はもう泣けない、涙は全部出し切ったと言わんばかりに盛大に泣かせてもらった。

俺が声を出して泣いている間ずっと、絢奈は決して俺を離すことはしなかった。

絢奈がどんな顔をしているかは分からなかったけど、それでも本当に俺は彼女の存在に救われている。

「……？」

しばらくこうしていると、ようやく気分が落ち着いたので絢奈から離れようとしたが彼女は俺を離してくれない。

「絢奈？」

彼女の名前を呼ぶと、今までに聞いたことがないほどに冷たい声が聞こえた。

「おかしいですよこんなの。どうして斗和君がこんな目に遭わないといけないんですか？どうしてあんな風に言われなくちゃいけないんですか？」

絢奈の言葉は止まらず、更に続いていく。

「一番辛《つら》いのは斗和君なのに……私だって代わってあげられるなら代わってあげたいのに。どうしてあの人たちはあんなに……あんな酷いことを――」

「…………」

絢奈も憤りを感じてくれているらしい。

他人のことでも悲しむことが出来る、それは人が他人に持てる最大限の優しさだと俺は思っている。

俺も絢奈に何かあれば同じように怒るだろう……しかし、どうもこの絢奈の怒りは少しばかり違う意味を持っているらしい。

「あの人たちは……あれ？　あの人たちは人？　私たちと同じ……人？　違う、アレは人なんかじゃない……アレは……あいつらは――」

抑揚が失われた声で絢奈はずっとブツブツと呟き続けていた。

流石に絢奈から異様な雰囲気を感じ取り、俺は少し体に力を入れるようにして絢奈から離れた。

僅かな衝撃を受けてなのか絢奈は目を丸くして俺を見つめており、さっきまでの雰囲気は綺麗《きれい》に消えてなくなった。

「……ふぅ」

絢奈に抱きしめられた感触が名残惜しかったものの、夢だというのに疲れてしまった俺はベッドに背中を預けるようにして横になった。

その間も絢奈は俺を気遣うように背中に手を当てて丁寧に寝かせてくれた。

「帰らないのか？」

「もう少し居ます。あと少しで明美《あけみ》さんも来ると思いますし」

「そっか……母さん仕事のはずなんだけど」

「斗和君が事故に遭ったんですから来るのは当然ですよ」

「……だな」

母さんも泣いてしまうだろうか……確実に泣くだろうな。

その時は母さんをどうにか慰めないといけない、それを俺は頑張らないといけないようだ。

「斗和君」

「うん？」

「お見舞いには毎日来ます。斗和君に寂しい思いはさせたくないですから」

「それは嬉しいんだけど毎日来てもらうってのは流石に……」

「嫌です。絶対に毎日来ます」

絢奈の固い決意に頬が緩んだ。

「ならお願いしていい？　俺も絢奈と毎日話がしたい」

「はい！」

そうしてようやく彼女は笑ってくれた。

先ほどまでの悲しみに包まれた表情は既になく、いつも見せてくれた彼女の笑顔が蘇《よみがえ》った。

（……俺はこの夢を覚えているのか？　目を覚ましたら忘れてしまうのか？）

間違いなく斗和の核心に迫るこの夢のことを俺は忘れるのか、そんな不安があったもののどうしてか大丈夫な気がしていた。

このことは絶対に忘れない、根拠はないが俺は確かにそう思えたのだ。

俺にとって斗和に秘められた過去を知る夢だったと同時に、心が引き裂かれるような辛さを味わった夢でもあった。

「……絢奈、俺は君が――」

もっともっと、彼女のことを守りたいと……彼女の心を守りたいと強く俺は誓うのだった。

▽▼

「っ……」

目元に当たる光を感じて俺は目を覚ました。

しばらくボーッとする頭でジッと天井を眺めていたが、すぐに俺はちゃんと動くはずの手と足に目を向けた。

「……覚えてる……全部」

夢で視《み》た全てを俺は明確に覚えていた。

修を庇《かば》うことで事故に遭ったこと、そのせいで大会を断念したこと、そして心無い言葉をぶつけられたこと。ゲームで一切語られていないことを俺は知った。

絢奈に過去を聞いたこと、そして今の夢が影響しているのか更に俺の心が斗和と一体になったような気がしてくる。

「不思議だな……でも、今となってはこっちの方がいいかもしれない」

俺という意識は残りながらも、この世界に存在する雪代斗和として生きていく想《おも》いが更に強くなったように感じるからだ。

斗和そのものに近づいたこともあって修やその家族に対する憎しみは確かに溢《あふ》れ出そうになるものの、俺としてはやっぱり自分という感覚は残り続けているので我慢出来ないほどではない。

「……というよりも、斗和もそこまで恨んではなさそうだな」

あの事故は確かに斗和にとって辛い出来事だったはず。しかし修が無事だったことを確かに喜んでいたことも分かっている。

結局斗和はどこまでも優しく、そしてどこまでも迷い続けていた。

まあ迷い続けていたのは俺も同じで、俺も自分がこの世界に転生したことを受け入れられず、絢奈たちのことを本当の意味で見つめようとはしなかった。

「夢は夢、現実は現実……俺、絢奈とやっちまったな」

昨日のことも鮮明に思い出した。

絢奈に過去の話を聞いた後、俺はとてつもないほどに彼女を求めてしまい体を重ねるに至った。

絢奈と体を重ねる中で初めて経験した時のことも思い出し、これでやはり斗和が絢奈と既に関係を持っていたことも判明した。

「……絢奈の体、柔らかかったな。それに……本当に可愛《かわい》かった」

情事のことを思い出して余韻に浸るのは、ある意味思春期ならではだろうか。

まだ夜という時間でもなく母さんが帰ってくるギリギリの時間まで絢奈と求め合い、母さんを交え夕飯を一緒に済ませてから彼女を送っていった。

別れ際に寂しそうにしていた絢奈が本当に愛《いと》おしくて、俺も握りしめていた彼女の手を離すのが辛かった。

「よっこらせっと」

立ち上がり鏡を覗《のぞ》き込んだ。

相変わらずのイケメン面に自分の顔か疑わしくなるけど、寝起きの顔は結構可愛いんだなとか思ったりもする。

「……なあ斗和、お前もこんな気持ちだったのか？　だからこそ、絢奈をあんな形で奪ったのか？」

もうここまで来ると奪うという言い方も違う気はしているが。

取り敢《あ》えず俺としても絢奈との在り方を含めて意識の持ち方は変わったし、何より絢奈の傍にこれからも居たいと思っている。

でも、当然気になることも新たに生まれた。

『私……斗和君が居ないとダメなんです。斗和君が居なくなったら私……私は生きていけないんです』

行為の後に俺の腕の中で彼女が吐露した言葉だ。

俺という存在が居なくなった時、絢奈は確実に壊れてしまうであろう不安定さが浮き彫りになっていた。

それだけ絢奈にとって俺という存在が支えであり、そして大切だということは嫌でも理解出来た……けど、ハッキリ言ってあの状態の絢奈は異常だった。

もしかしたら以前にご主人様と彼女が口にしたあの意味、それはそう言ってしまうほどに心の比重を斗和に置いているのかもしれないな。

『私が全て奪ってあげる』

「っ⁉」

突如、強烈な頭痛に襲われ俺は膝を突いた。

しかしいつかみたいにその頭痛も一瞬のことだったので、俺はすぐに立ち上がることが出来た。

「……さっきの声は絢奈？」

さっき聴こえてきた声、それは確かに絢奈に似通っていた。

絢奈の声にしてはとても低く、そして冷たく、ありとあらゆるものを切り捨てるような非情ささえも感じさせる声だったことに俺はまさかなと笑った。

「絢奈はあんな声出さないだろ。何を考えてんだか」

あの絢奈に限ってそんなことはないんだと、そう思いながら朝食を作ってくれているであろう母さんのもとに向かった。

リビングに向かうとちょうど朝食の準備が済んでいたようで、エプロンを畳んでいる母さんとバッチリ目が合った。

「おはよう斗和」

「おはよう母さん」

母さんと挨拶を交わして俺は椅子に座り朝食に手を付けた。

朝食ということでそこまで凝ったものではないが、どんなものでも母さんの愛情がこれでもかと込められているのが分かるため、本当に美味《おい》しく感じられるこの瞬間は幸せである。

「本当に美味しそうに食べてくれるから嬉《うれ》しいわ」

「だって本当に美味《うま》いからさ。いつもありがとう母さん」

そう伝えると母さんは本当に嬉しそうに笑った。

数週間前、それこそ斗和になったばかりの時は色々と慌てていた部分はあったが今となってはこんなものだ。

もうどんな話をしても違和感はないし、全てが普通だという認識がある。

「……美味いなぁ」

素直な感想を零しつつ、熱々の味噌汁《みそしる》に息を吹きかけて冷ましていると母さんがジッとこちらを見ていることに気付いた。

「どうしたの？」

「ううん、本当に斗和は元気になったわねって思ったのよ」

「……そう？」

元気になって良かった、その言葉の意味がイマイチ分からなかったけど母さんはこう言葉を続けた。

「あの事故があって斗和はしばらく元気がなかったじゃない？　私の前では結構気丈に振

る舞っていたけど、あれって割とバレバレだったしね」

「……へぇ、そんなに？」

「うん」

「即答かよ」

クスクスと肩を震わせて笑う母さんを見て俺は不思議な気持ちだった。

どんな言葉を口にすればいいのか、どんなことを伝えればいいのか、それが自然と言葉になって外に出ていくのだから。

「でもそんな斗和だけど絢奈ちゃんがよく家に来るようになって明るくなったから本当にあの子には感謝してる。昨日も随分と見せつけてくれたじゃない？」

「っ……アレはその……」

夕飯時に絢奈から何度か〝あ〜ん〟をされたのだ。それを見ていた母さんはずっと笑顔だったけど俺は当然恥ずかしかった。

ああいう時の男の肩身は狭い、それを身をもって痛感したよ。

「ご馳走《ちそう》様」

「お粗末様でした」

学校に向かう準備のために部屋に戻ろうとした時、ふと母さんが俺を呼んだ。

振り返った俺に向かっていつになく真剣な表情を浮かべた母さんはこんなことを俺に言ってきた。

「絢奈ちゃんは本当に良い子よ。こんな子がまだ高校生なのかってくらいにね。でも何となく、本当に何となくだけど何か抱え込んでいるようにも思えるのよ。だから斗和、どうかあの子のことをしっかり見てあげなさい」

「……分かってる。大丈夫だ」

言われなくてもそのつもりだと俺は強く頷《うなず》く。

俺の返事に満足そうに頷いた母さんが改めて食器を洗おうとした時、思わず俺が聞き返してしまうようなことをボソッと呟《つぶや》いた。

「思えば昔に病院でのことを絢奈ちゃんから聞いてね？　それで思わずバットでも持って殴り込みしようと思ったことがあったのよ～」

「やってないよね？」

母さんが息子想いというのはよく分かっているが流石《さすが》にそこまではしないと思ってるけどね？　だから心配はしてないけど――。

「当然じゃない。ただあなたに内緒で絢奈ちゃんに橋渡しをしてもらった時にアタシの息子にふざけたこと抜かしたらしいな？　締めるぞクソババアって言っちゃったわ～♪」

「ごめんねごめんね～♪　いやぁついヤンキー時代の名残が出ちゃったのよ」

「何してんの⁉」

「…………」

　ヤンキー時代って何？　母さんって昔はヤンキーだったのか？

　確かに色々と現状を把握するために家の中を物色していた時、昔の母さんの写真を見つけてやけに派手だなって思ったことはあったけど……まさか時々母さんを訪ねてやってくる女の人って母さんの妹分とか？

「やっぱりパワフルだな母さん……」

　いずれ何か機会があれば詳しく聞かせてもらおう。

　それから準備を済ませて家を出た俺だったが、絢奈との関係を再認識したところで過ごし方はそんなに変わらない気もしている。

　それでも……それでも俺は自分が思うように動こうと思う。

「やっぱりまだ何か引っかかるからな」

　斗和に隠されていた過去、そして絢奈が秘めていた想い、そして暴かれた俺たちの関係……ここまでのことを俺は理解しているのに、まだ何か喉元に出かかっているものがあるような妙な感覚だ。

『……えげつないな。絢奈がヤバい』

「え？」

ふと誰かの声が聞こえた気がした。

それは懐かしさを呼び起こすような声でもあったのだが、結局それっきりその声は聞こえなかった。

「気のせいか、なんて流すことも出来そうにないなここまで来ると」

ふとしたことでもこの世界のことに繋《つな》がっている。

そして何より、俺の中で蓋をされている記憶を呼び覚ます何かである可能性も高いわけだ……だから可能な限り気に掛けていくことが大切なんだと思う。

いつもの待ち合わせ場所に向かうと既に二人はその場にいた。

「おはよう斗和」

「おはようございます斗和君」

「あぁ、おはよう修。絢奈も」

昨日あんなことがあったというのに絢奈はいつも通りだった。

そしてそれは俺自身も同じなのだが、それでも新たに心の持ちようが変わったことできっと何かが大きく変わっていくはずだ。

それこそ、俺たち三人の関係が大きく変わっていくことの予感をひしひしと感じていた。

▼▽

追い詰めて……追い詰めて……。

苦しませて……苦しませて……。

そして最後に最も大切なモノを奪うんです……そうすれば、もう絶望しかないでしょう？

私は絶対に忘れない、お前たちが放った言葉を。

私は絶対に忘れない、彼が流した涙を。

だから私が【全てを奪ってあげる】。

▼▽

「……なんだこれ」

届いたファンディスクを早速プレイしようとした男性は首を傾《かし》げながら呟いた。

ゲームをインストールして起動した瞬間、オープニングムービーのように上記の文字が現れては消えていった。

今はもうタイトル画面で少し寂しげだが幻想的な曲が流れており、黒いフードを被《かぶ》った絢奈が映っていた。

「前作と全然違う始まりだなぁ」

前作は喧《やかま》しいくらいの音楽に合わせてランダムでヒロインがタイトルを読み上げていたが、今回はそのボイスは収録されていなかった。

男性は気を取り直し、「はじめから」を選択してゲームをスタートさせるのだった。

「…………」

男性は休憩を挟むことなくずっとファンディスクの内容をプレイした。

そして画面に流れるエンディングの画面を見つめながら、呆然《ぼうぜん》としたように息を吐いて深く椅子の背もたれに背中を預けて口を開く。

「……えげつないな。絢奈がヤバい」

ようやく絞り出した一言がそれだ。

ネット上でも高評価を数多く得ていた作品であり、元々が寝取られゲームのファンディスクということで買うことを渋っていた通りに複雑な気分だった。

しかしこうして実際にゲームをプレイした後に思うこと、それが先ほど男性が口にした言葉に全てが込められていた。

「こんなエロゲー普通にないだろ。つうか誰がこんなこと予想出来るってんだ」

【僕は全てを奪われた】のファンディスク——それは本編で描かれなかった絢奈を軸にした物語であり、愛していた斗和を絶望させた者たちに対する復讐《ふくしゅう》の物語だった。

寝取られヒロインとして描かれていた先輩と後輩、妹と母親の件の全てに絢奈が関わっており、修との出会いとその後の関係構築まで手引きしたことが丁寧に説明されていたのもこれ以上ないほどに男性はビックリした。

本編からでは決して想像出来ないほど憎悪に突き動かされる絢奈の姿は衝撃的だったもののの、斗和の前で彼女はいつも笑顔でとても可愛《かわい》かった。

『斗和君好きです……大好きです』

修に隠れてイチャイチャするだけでなく、ちゃんと濃厚なシーンも数多く用意されており、本編で一度しかなかったHシーンが嘘《うそ》のように増えていた。

もちろん絢奈のそんな姿は斗和の前だけであり、幸せと快楽を享受して乱れる姿は本当に斗和だけの特権のようなものだった。

「絢奈にとって斗和はそれだけ特別だったんだな……なるほど、だから純愛だってことなのか」

寝取られではなく純愛、そう感想に書かれていた意味をようやく男性は理解した。

「それにしてもお口ワルワル絢奈はインパクトあったなぁ」

男性がクスッと笑ったのは絢奈に隠された本性というか、ファンディスクは主に絢奈を視点とするので彼女の心の声が丸分かりなのである。

だから彼女の嘘偽りない気持ちが吐露されるということで、気に入らない物事に対して頻度は少なかったものの本当に絢奈は口が悪かった。

「例えばこのシーンとか……」

男性が気になったシーンの回想に入ると、早速絢奈の声が響いた。

『ふざけんなよあのクソ女!!　私と斗和君の時間を邪魔しやがって!!』

そう言って絢奈が激昂《げきこう》しているシーンだ。

ファンディスクの内容は本編を補完するものでもあるので、ありとあらゆるシーンがリンクする部分も男性をドキドキさせたしワクワクさせた。

ちなみにこのお口ワルワルな瞬間は絢奈が斗和と一緒に帰った時、偶然琴音《ことね》に出会って色々と言われた後のことらしい。

「元々絢奈が敬語になったのは修や家族に対して距離を取るための壁だったわけだけど、やっぱり丁寧な自分を演じると抑圧されてくるんだな」

絢奈がどうして敬語になったのかも語られ、そしてその抑圧された感情の解放がお口ワルワルというのも中々に面白い設定で強く印象に残っていた。

男性は本編の時から絢奈を気に入っていたが、ファンディスクをプレイしたことで更に好きになったと言っても過言ではない。

「……お、こんなものがあったのか」

男性はファンディスクの感想を書き込もうと思ってネットに潜ったのだが、公式サイトに掲載されている開発者のコメントを見つけた。

普段は特にこういったものに興味は示さないものの、このゲームを作った人たちということもあって男性は気になってそのページに飛び、そして驚愕《きょうがく》した。

『おそらく、プレイされた皆さんは修を含めた家族にヘイトが向いたのではないかと思います。正直やりすぎかなと思ったシーンはいくつかあるのですが、絢奈の狂気を事細かに表現するとあんな形になってしまったんです。先輩と後輩が可哀《かわい》そうだったってスタッフが反省してました。さて、みなさん二周目はプレイされましたでしょうか？　二周目のエンディングで演出が少し変化するんですよ』

　これが開発者のコメントである。

「はいっ⁉」

　そのコメントは男性にとって寝耳に水だった。

　そのページを残したまま男性は再びゲームを起動させ、スキップを活用して一気にエンディングへと向かった。

「エンディングに来たわけだけど……一緒だよな？」

　スタッフロールなどが流れるシーンに特に変化はなく、斗和と絢奈が仲良く手を繫《つな》いで光に向かって歩く絵も特に変わらない。

「……お？」

　しかし、そんな幸せそうな二人の絵に変化が起き始めた。

　絢奈の姿が消えてしまい残されたのは斗和だけ、そして斗和の姿も消えてこんな言葉が画面に浮かんだのだ。

〝俺の腕の中には絢奈が居る。ずっと笑っている。そんな笑顔を見ていると俺まで幸せになれる。けど……本当にこれで良かったのだろうか〟

　その言葉が消え、そしてまた文字が現れた。

〝俺を想《おも》い彼女は行動した。でも本当の意味で彼女の心を壊してしまったのは……何も気付けなかった俺自身。あの優しかった彼女を俺から奪ったのは……俺自身でもあるのかもしれない〟

その言葉を最後に本当の意味でエンディングを迎えたことでゲームは終わった。

男性はしばらく呆然としていたが、ハッと我に返って再び開発者のコメント欄へと視線を戻した。

『実際に斗和は本編で絢奈がやったことは知りません。なのでこれはもし後になって気付けたらみたいな感じで、スタッフが面白がって付けた機能なんです。つまり何が言いたいかというと、既に絢奈も壊れてしまっていて行うことに対して歯止めが利かなかったんですよね。このゲームはこれで終わりですけど……そうだなぁ。もしゲームの中の斗和でもなくて絢奈でもなく、もっと特殊な視点を持った存在が居たなら二人にとってももっと幸せな結末になったのではないかと思っています。復讐って達成感は一瞬だけありますけど、後から訪れるのは空《むな》しさだけですから。まあどんな形になっても、修にとっては苦い結末にはなりそうですね（笑）』

そう開発者のコメントは締《し》め括《くく》られていた。

「特殊な視点を持った第三者……か」

男性は小さく呟き想いを馳《は》せる。

表向きは斗和と絢奈にとってのハッピーエンド、しかし根本は何も解決できずに絢奈も壊れたままというなんとも苦い結末だ。

ファンディスクで語られたのは絢奈のことと同時に、斗和のことでもあり、本当に彼は絢奈のことを心から愛していた。

「……許さないよなきっと。斗和が絢奈のことを知っていたら」

きっと許さないだろうなと男性は頷《うなず》く。

男性にとって斗和の印象は大きく変化しており、彼はただ絢奈のことを想っていた心優しい少年だった。

しかしそんな斗和は最後まで気付けなかった――絢奈がずっと過去と憎しみに囚《とら》われ続けていたことを。

「何かきっかけがあれば良かったんだろうなぁ……」

そう、何か一つきっかけがあればきっと斗和と絢奈は本当の意味で幸せに向かって歩き出せたはずだ。

斗和を取り巻く環境を受け入れ、その上で斗和が絢奈の手を引くように悲しみと憎しみを乗り越えるイベントがあったのならきっと……。

「あはは、俺がこんなことを考えても仕方ないよな」

もうこのゲームはこれで完結してしまったのでどんな想像をしても意味がない。

それでもキャラクターたちに感情移入をしてしまったからこそ、男性はもしかしたら実現出来たかもしれないそんな世界を夢想するのだった。

「……うん？」

男性は何かに気付いたようにパソコンの画面を覗《のぞ》いたが特に何もなかった。

おかしいなと首を傾げながら男性は部屋を出ていったが、その直後にパソコンの画面が怪しく光っていた。

8章

『斗和《とわ》君はどうしてサッカーを続けているんですか？』

ふと気になってそう私は斗和君に聞いたことがあった。

小学校を卒業し中学生になっても斗和君はずっとサッカーを続けていたので気になったのだ。

楽しそうにしているから単純に好きなんだというのは分かるのだけど、他にも何か大きな理由があるように私には思えたのである。

『なんで続けているか……好きだから？』

『ですよね～』

シンプルすぎるけど確かにそうだよねと私も納得した。

でもやはり他に何か大きな理由があることは今までの斗和君のことを見ているので分かっていることだ。

ジッと見つめていたことで斗和君も諦めたのか、小さく息を吐いて言葉を続けた。

『その……母さんが理由っちゃ理由なんだ』

『明美《あけみ》さんがですか？』

明美さん、斗和君のお母さんの名前だ。

修《しゅう》君と一緒に斗和君の家に遊びに行く時に少し話をしたことがある程度だったけれど、サッカーの試合を見学に行った際によく会うので自然と意気投合していった。

中学生の息子が居るとは思えないほどに若々しい外見、でも少し派手で怖い印象を最初は抱いていたけど話をしてみれば斗和君のことが大好きでたまらない親馬鹿な女性だった。

『斗和！　そこはヒールリフトで抜き去りなさい!!』

『漫画じゃないんだからそんなに上手《うま》く出来ねえよ!!』

本当に賑《にぎ》やかな女性で私も明美さんと話をするのは大好きだった。

こう言っては親不孝な発言かもしれないけど、こんな人がお母さんだったらなって思ったことも一度や二度ではない。

それくらいに明美さんはとても素敵な女性で、私が将来こんな風になりたいと思えた優しくて強い女性なのだ。

『その……絢奈《あやな》の心の中に留《とど》めておいてほしいんだ。恥ずかしいから母さんには言わないでくれ』

『分かりました』

斗和君は頬《ほお》を掻《か》きながら少し言いづらそうにしていた。

それだけ今から私に言おうとしていることが恥ずかしいってことなんだろうけど、一体どんな理由があるのだろうか。

ジッと待つ私に斗和君はゆっくりと話してくれた。

『うちに父親が居ないことは知ってると思うけど……昔に事故でな』

『あ……』

斗和君の家の事情は詳しく聞いたことはなく、ずっと彼のお父さんについては見たことがなかったので何か理由があるとは思っていた。

斗和君も明美さんもお父さんについては一切話をしなかったので、私も察して聞くことはなかったけど……そっか、斗和君のお父さんは事故で亡くなったんだ。

『ごめんなさい』

興味本位だったとはいえ、そんなことを話させてしまったことに私は申し訳なさを感じた。

頭を下げて謝ると斗和君は気にしないでくれと頭を撫《な》でてくれたものの、やっぱりこういった話題というのは聞いた側の私も本当に申し訳なく思ってしまう。

『話を続けるよ。母さんは父さんのことがそれはもう大好きだったんだ。だから凄《すご》く落ち込んでいたのは当然だけど、俺が居るからってすぐに立ち直って……本当に強い母さんだって思った。でも時々父さんのことを思い出して夜に仏壇の前で泣いている姿もよく見てた』

斗和君も当時のことを思い出しているのか辛《つら》そうだった。

もう話さなくても良いから、辛いことを思い出さなくていいからと私は言いたかったけどやっぱり斗和君のことをもっと知りたかった。

『母さんは確かに立ち直った。でも笑顔が減ったのも事実で、俺はそんな風にどうにか気丈に振る舞おうとしている母さんを見るのが辛かった』

私が知る限り明美さんはいつも綺麗《きれい》な笑顔を浮かべている。

どう見ても笑顔が減ったとは思えないのだが、おそらくはこれから話す内容が明美さんに笑顔が戻った理由なんだと私は直感した。

『そんな時に偶然少しサッカーに興味が出てさ。それでクラブに入って練習をして試合にも出るようになって……それで応援に来てくれる母さんが俺を見て笑ってくれることが増えたんだ。父さんが居た頃と変わらないくらいに、母さんの笑顔が戻ってきたんだ』

『……もしかしてそれで』

斗和君は頷《うなず》いた。

『たぶんサッカーじゃなくても良かったんだろうけど、とにかく俺が頑張っている姿を見て母さんが笑ってくれるのなら息子としては続けたくなるだろ？　まあやってる最中にサッカーのこと自体を凄く好きになったからウィンウィンってやつだ』

『……そうだったんだ』

私は家族のために何かをしようとしたことは一度もないし、それは今後絶対にないだろうと断言出来るほどだ。

家族という存在に価値を見出《みいだ》せない私だけど、斗和君がお母さんのために頑張ろうとしている姿はとても尊くて凄くかっこいいと思ったんだ。

『それで……その……そういうのがあってだな』

斗和君もこういう話をするのが恥ずかしいのか、後になるにつれて顔が赤くなって恥ずかしそうにしていたけどそんな斗和君はとても可愛くて、眺めていると私も心臓がドキドキしてきた。

あの日、私の世界を広げてくれた斗和君。

あれからたくさんの時間を過ごして、もっともっと斗和君のことを知って、そして今日もまた彼の知らなかったことを私は知ることが出来た。

『どうした？　顔が赤いけど……』

『ふふ、そうでしょうね。だって斗和君の素敵な部分を更に私は知ることが出来たんですから』

恥ずかしい……本当に恥ずかしいけどもう認める他ない。

私は斗和君が好き、どうしようもないほどに大好きだ。

もしかしたら初めて出会った日から好きだったのかもしれない。でもこの気持ちは今はまだ胸に秘めておこうと思う。

今は斗和君にとって大事な時期、だからこそ私はただ斗和君の傍で彼を応援するだけだ。

『そういえばさ。なんで最近敬語なんだ？』

『あぁ、それは――』

斗和君が言ったように最近の私は敬語が主になった。

その理由は単純で家族たちに対する防護壁のようなもので、家族といえど敬語で話せば他人のように考えられるからに他ならない。

斗和君に対しても敬語で固定されてしまったのだが、外そうと思えば外せるけどもう慣れてしまったのでしばらくは外れないかな。

『……というのが理由ですかね』

しかし斗和君が凄く優しいこともあって、馬鹿正直に家族たちと距離を取りたいからなんて言えるわけもなく、申し訳なく思ったけどそれっぽい理由を使わせてもらった。

すると斗和君はグッと親指を立てて口を開いた。

『色々あるんだろうけど、敬語女子いいと思います』

キリッと無駄にかっこよくそう言った斗和君に私は心から笑ってしまった。

やっぱりこうして斗和君と一緒に過ごしていると、私の悩みなんて小さなものに思えてくるから不思議だ。

それは私の拒絶がちっぽけなものという意味ではなく、斗和君の傍に居ると気にならなくなるほどに毎日が楽しいからだ。

『そろそろ……ですね。頑張ってください斗和君』

それから時は過ぎ、いよいよ斗和君の頑張りが報われる日が近づいてきた。

私は自分に出来る範囲で斗和君をサポートし、斗和君も私や明美さんを喜ばせたいからと一生懸命に頑張っていた。

まだ中学生の斗和君が明美さんの笑顔が見たい、そんな尊い気持ちを抱いて頑張ってきたのだから絶対に彼の頑張りは報われるべきだった。

『修!!』

『……え?』

でも……運命はあまりにも残酷だった。

『……斗和……君?』

彼の何年にも及ぶ努力と想《おも》いを一瞬で奪い去ったのだから。

意識を失って倒れ込んだ斗和君を見て血の気が引いた私は自分が生きているのかどうかも怪しかったたし、もしも彼が居なくなってしまったら……そのことを考えるのは本当に恐ろしかった。

『……斗和君!!』

それでも最悪の状況だけは回避出来た。

けれど、私はその日に人間が持つ醜さをこれでもかと思い知った。

『あのね、君は要らないのよ。修には絢奈ちゃんが居るし、絢奈ちゃんにも修が居るの。異物のあなたが入り込んだから罰が下ったのね、きっと』

修君の母親が……あの汚物がこんなことを口にした。

『お兄ちゃんと絢奈お姉ちゃんだけでいいよ。あんな奴《やつ》がいるのは嫌うるさい黙れ、お前の方がいなくなれよ。

『斗和が大会に出られない……はは』

どうして嗤《わら》っているの!?　お前のせいで斗和君は事故に遭ったのに!!

『あの時から嫌な子だと思っていたのよ。あんな母親じゃ教育が行き届いていないのも当然よ』

この人と同じ血が流れている、そのことを考えるだけで気持ち悪い。

私は吐きそうになる胸に手を当てた時、少しだけ湿っていたのに気付きそれが斗和君の流した涙だと分かった。

斗和君はただ明美さんの笑顔のために頑張っていた、そんな尊い想いを簡単に踏《ふ》み躙《にじ》る言葉の数々に私の中の何かが変わった。

『あの人たちは違う。あの人たちは……あの人たちは！』

私にはもう、あの人たちが同じ人とは思えなくなった。

『っ……いってえ……』

体が動くようにとリハビリを頑張る斗和君を見ていると心が軋《きし》んだ。

自分のことで手一杯なはずなのにそれでも私のことを気遣ってくれる斗和君はやっぱり優しくて嬉《うれ》しかった……でも、そんな斗和君の優しさに嬉しいと感じる私は浅ましさの塊だった。

そして私は聞いてしまった。

『僕……絢奈が好きなんだ。だから、斗和にはその応援をしてほしい。君は僕にとって親友だから、一番最初に伝えておきたかったんだ』

いつものように斗和君のお見舞いにやってきた時、修君が斗和君にそう言っている瞬間に私は居合わせた。

咄嗟《とっさ》に隠れたけれど、その言葉に起因するように修君が斗和君の怪我《けが》した姿を見て嗤っていたあの顔が鮮明に脳裏に蘇《よみがえ》る。

『……ふざけるな……ふざけるなふざけるなふざけるな！』

あの家族は、あいつらはどれだけ私を不快にさせれば気が済むんだ。

無関心であろうとした心が憎悪に……黒く染まっていった。

▽▼

『許さない。私はあいつらを許さない』

ここまで激しく誰かを憎むのも初めてだった。

私の大好きな人を傷つけたあいつらを絶対に許さない、あいつらが望む世界そのものを私が否定してやる。

家に帰った私は斗和君と修君が写る写真を手にし……修君の顔をペンで真っ黒に塗り潰した。

『これも……これもこれも……これも！』

修君だけではなく、彼の家族を含め……少し躊躇《ためら》ったけど母が写っていた写真も処分した。

真っ暗な部屋の中で私は決意する——あの人たちを必ず後悔させてやる。

私の大好きな人を傷つけた報いを数十倍……ううん、数百倍にして返してやる。

『それこそ……あいつらの人生を滅茶苦茶《めちゃくちゃ》にしてでも』

このことは斗和君には言えない、何故《なぜ》なら彼は凄く優しいから。

『覚悟しててよ……必ず絶望させてやるから』

私の全てをもってあいつらを絶望させる。

ねえ修君、そんなに私が欲しいのなら覚悟してよ？　私は絶対にあなたのモノになることはないし、それどころかあなたの想いを、私に向ける想いの全てを利用して悲しみの底に沈めてやる。

それまで全部与えてあげる——幸せと喜びを。

でもその後は分かるよね？

『私が全て奪ってあげる』

これが私の決意、しっかりと準備を整えて彼らを破滅させるシナリオが動き出すことになるのだった。

とはいえ、別にそこからの私はただ憎しみに突き動かされるだけの日々を送ったわけではない。

『斗和君！』

『絢奈、どうしたんだ？』

斗和君とのふとした日常、退院して元気になった斗和君との日々を私は心の底から楽しんでいた。

入院の方はそこそこ長引き、退院してからも運動はあまりしない方がいいと言われてしまったため、必然的に斗和君はサッカーから離れてしまった。

そのことを残念には思っていたし明美さんともそういうお話をしたこともあった。

『斗和君、私に何かしてほしいことはないですか？　斗和君のためならなんだってしてあげますよ』

『……俺は』

少しだけ斗和君に謝らないといけないことがあるとすれば、私が少しばかり彼の悲しみを利用してしまったことだろうか。

斗和君は元気になって私や明美さんを安心させてくれたけれど、ふとした時に彼が見せる元気のない姿はよく見ていた。

だからこそ私は心が弱った斗和君に頼ってほしい、それこそ分かりやすい形で私は斗和君の心を求めてしまった。

『なんで……なんで抵抗しないんだよ』

『する必要がないからです。だって私がそれを望んでいるんですから』

斗和君と関係を持つことに抵抗するなんて考えられない。

悪い女だなと思いつつも、私は斗和君と関係を持ち一時の幸せに浸って全てを忘れることが出来た。

『……絢奈』

私の胸で眠る斗和君は可愛《かわい》かった。更に言えば眠る彼の頭に顔を押し付けて匂いを嗅いだりしちゃっていた。

『すぅ……はぁ♪』

斗和君に見られたら確実に引かれてしまいそうな顔をしていたような気もするのだが、

基本的に好きな人と一緒に居る時の女の子ってそんな感じだと思っているので、私は斗和君の香りに興奮する自分を逆に誇りに思っている。

『斗和君、全部私に任せてくださいね？　斗和君に酷《ひど》いことを言った人たち、全部掃除しますから。全てを利用して必ず……』

『……絢奈ぁ』

『……まあでも取り敢《あ》えず今はこの寝顔を堪能……むふふ～♪』

マズいかもしれない。

今の私、本当に物凄《ものすご》く大変な顔をしているに違いない……けれど一つだけ言えることは確かに今の私は幸せだ。

『…………』

でも、同時に何かが心から零《こぼ》れ落ちていくような気もしている。

もう望むこともなければ夢想することもない、それでももしかしたらあったかもしれない未来を私は時々夢で見ることがある。

『ちょっと修君！　それに斗和君も!!』

『やっべ！　逃げるぞ修！』

『うん！　逃げよう斗和!!』

『待ちなさあああああああい!!』

憎しみも悲しみもないそんな未来があったのならば私はそれを望んだのだろうか。

その答えはどれだけ時間が経《た》とうとも出そうにはなかった。

▽▼

「ねえ絢奈、学校に着いたら宿題のやつ見せてくれない?」

「またですか?　いい加減に自分でやることを覚えないとダメですよ～?」

そろそろ学校に着くといった頃合い、俺はずっと二人を後ろから眺めていた。

さっきも思ったけど昨日あんなことがあったというのに絢奈はいつもと変わらず、俺にもそうだし修とも普通に話をしている。

(……ちょっと安心かな)

実を言うとそんな彼女に俺は少し安心していた。

心の持ちようは確かに変化し、俺は生まれ変わった今を受け入れて生きていく覚悟を決めた。

それでも少しだけまだ緊張しているのも確かだった。

「俺は俺に出来ることをする。本当の意味で俺が俺として歩き出せるように」

そのためにも必ず俺は喉に引っかかっていることを思い出す。

それがきっと、俺がまだこの世界に抱いている謎に繋《つな》がる核心のはずだからだ。

「斗和君」

「うん？　って修は？」

考え事に夢中だったせいか絢奈に声を掛けられるまでボーッとしていたようだ。

傍に居るのは絢奈だけで修の姿は見えず、どこに行ったのかと探してみれば伊織《いおり》に捕まって連れていかれる瞬間を目撃した。

「連れていかれちゃいました」

「みたいだな……」

助けてほしいといった視線を投げかけられたものの、ヒラヒラと絢奈は手を振って修の姿を見送っていた。

周りの生徒たちの波に紛れるように俺と絢奈も揃《そろ》って歩いていく。

そんな中、ボソッと絢奈が呟《つぶや》いた。

「昨日は最高でしたね、ご主人様♪」

「っ……」

修が居なくなった途端に絢奈が妖艶な雰囲気を醸し出して囁《ささや》いた。

近くを歩く生徒には決して聞こえていないだろうが、俺の耳はハッキリと彼女の言葉を拾ってしまいドキッとした。

「斗和君はどうでしたか？　私の体、満足してくれましたか？」

まるで女の子を染め上げる間男《まおとこ》に変えられてしまった少女のような表情を絢奈はしており、普段の凛々《りり》しさと美しさからとうにかけ離れてしまった表情だ。

それでもそんな色気を感じさせる表情さえも似合っているのは彼女がエロゲのヒロインだからか、それとも単純にエッチな部分を兼ね備えているからなのか……どっちにしろ、それもまた絢奈の魅力かと俺は苦笑した。

「そうだな。最高だった……それに何より可愛かったよ」

「……ありがとうございます」

頰《ほお》を赤く染めながら絢奈は笑みを浮かべた。

「…………」

そんな愛らしい絢奈の横顔に俺は見惚《みと》れそうになったが、このような姿を見ているとやはり色々と考えることがある。

今の俺と絢奈の関係は中途半端以外の何物でもない。

そして今の関係性に満足しそうになっている俺もまた半端野郎でしかない。

(……思い出したことは多いし分かったことも同様だ。絢奈が何かしらを抱えていることも薄々感じている。だからこそ、俺はそれをどうにかしてあげたい)

それがきっと、俺がしなければいけないことだと思っている。

これは決して義務でもなければ無理やりにそう感じたものでもない……斗和としても俺自身としても、納得出来るゴールに必ず辿《たど》り着いてみせる。

俺がこの世界にやってきた意味を見つけ、そしてその先で俺自身がこの世界でしたことに後悔しないように。

「絢奈」

「なんですか?」

「……あ～その、これからもよろしくな?」

「ふふ、変な斗和君。はい! よろしくです♪」

……まあでも、やっぱり彼女の可愛い笑顔に俺はドキッとさせられ視線を逸《そ》らすのだった。

色々と大変なことが起こりそうな予感はある、更に言えばもっとこの世界に秘められた闇の部分を知ることにもなるかもしれない。

それでも俺は諦めないと。彼女の笑顔に俺はそう誓った。

(必ずより良い未来を摑《つか》んでみせる。それが俺の目標だ)

たとえどんな結末が待っていようとも、たとえこの世界がゲームの運命から逃れられないとしても、俺は必ず行動して良かったとそう思える結末を必ずこの手に摑んでみせる。

あとがき

あとがきが必要ということですので、書かせていただくことになりました。

みなさん初めまして、みょんという名前で活動しています──名前は特に意味はなく、初めてこういう活動をしようと思った時に適当に思い付いたのがこの名前でした。

特にこれといって書こうと思っていることはないのですが、作品に対する想《おも》いを綴《つづ》らせていただこうと思います。

この作品は正真正銘、私が初めて書いた一次創作の作品でした。

元々は別のコンテストに出したものの、一次選考を突破しただけで諦めていたのですが、カクヨムコンテストに応募したところ──この作品と共に、もう一つ別の作品と合わせて二つの作品が受賞するという奇跡が起こりました。

受賞の報《しら》せを聞いた時は夢かなとボーッとしてしまいましたが、夢ではなかったのでそれはもう嬉《うれ》しかったです。

そして訪れた書籍化に向けての作業……どうなるか不安でしたが、それを無用の心配に変えてくれたのが他ならない編集さんの存在でした。

もちろん編集さんだけでなく、今回素敵な絵を描いてくださいましたイラストレーターの千種《ちぐさ》みのりさんにも大変感謝をしています！

こうしてこの作品が完成したのは私だけの努力ではなく、間違いなく編集さんやイラストレーターさんも含めてたくさんの人の手を借りることで出来上がったものだと実感しています。

元々大好きだった自分が作ったキャラクターたちを、もっと好きになる機会を下さったことを本当に感謝！　感謝感謝！　感謝しております。

そして、この作品を手に取って下さった全ての方にも感謝をしています。

ありがとうございました！

エロゲのヒロインを寝取《ねと》る男《おとこ》に転生《てんせい》したが、俺《おれ》は絶対《ぜったい》に寝取《ねと》らない

著　みょん

角川スニーカー文庫　23521

2023年2月1日　初版発行

発行者　山下直久

発　行　株式会社KADOKAWA
〒102-8177 東京都千代田区富士見2-13-3
電話　0570-002-301（ナビダイヤル）

印刷所　株式会社暁印刷

製本所　本間製本株式会社

◇◇◇

Printed in Japan　ISBN 978-4-04-113288-3　C0193

★ご意見、ご感想をお送りください★
〒102-8177 東京都千代田区富士見 2-13-3
株式会社KADOKAWA　角川スニーカー文庫編集部気付
「みょん」先生「千種みのり」先生